Geliebte ist das falsche Wort

Antje Brauers

Geliebte

ist das falsche Wort

Satz, Coverdesign, Herstellung und Verlag: Books on Demand GmbH, Norderstedt
ISBN 3-8334-0427-2

Für alle (Un-)Geliebten dieser Welt

Der schlimmste innere Kampf,
den ein Mensch mit sich führen kann,
ist der verzweifelte Kampf
zwischen Herz und Verstand.

Inhalt

Ein braunhaariger Nacken

Es war ein kühler Septemberabend. Thessa kämpfte noch mit den Folgen des Fluges, der sie ein paar Tage zuvor von Mexiko zurück nach Frankfurt gebracht hatte. Sie wusste genau, dass sie sich bis in die frühen Morgenstunden im Bett wälzen würde, weil das Einschlafen so schwer fiel. Das erste Mal in ihrem Leben hatte sie bei einem Preisausschreiben das große Los gezogen und zwei Flugtickets zu einem Ziel ihrer Wahl gewonnen. Eine witzige Geschichte, denn die Frage der Ausschreibung war: „Nennen Sie uns die lustigste Frage, die Ihnen je von einem Kunden gestellt wurde." Thessa hatte ganz spontan auf diese Aufforderung einer Touristik-Fachzeitschrift geantwortet. Zu diesem Zeitpunkt arbeitete sie in der Zentrale einer Reisebürokette, die als Kunden Angehörige der in Europa stationierten amerikanischen Streitkräfte hatte. Auf jedem Kasernengelände hatte die Firma eine Filiale. Die Kollegen erzählten sich immer wieder gern die Geschichte eines amerikanischen Soldaten, der eines Tages in einem der Reisebüros nach den Öffnungszeiten des Schwarzwalds fragte.

Diese Episode hatte Thessa die zwei Flugtickets eingebracht. Sie hatte sich für Cancun in Mexiko entschieden und ihre beste Freundin Aly mitgenommen. Es war eine wunderschöne Zeit, zwei unvergessliche Wochen mit Sonnenschein, blauem Meer, weißem Strand und viel, viel Spaß. Zwischendurch waren sie für ein Wochenende nach Mexiko-City geflogen, hatten die Stadt erkundet, ein paar Museen und andere touristische Attraktionen angesehen und waren einkaufen gewesen.

Jetzt waren sie wieder zu Hause, und Thessa graute schon vor dem kalten Winter, der bald über Deutschland hereinbrechen würde. Gerade hatte sie die letzte Ladung Urlaubsklamotten gewaschen und überlegte sich, was sie wohl an diesem Abend tun würde, um möglichst spät schlafen zu gehen und damit die Zeitverschiebung schnell zu überwinden.

Da klingelte das Telefon, und der Abend war gerettet: Vier ihrer unzähligen männlichen Freunde wollten in eine Diskothek in der Nähe und überredeten Thessa mitzukommen. Sie nahm noch ein ausgedehntes Bad und zog sich in aller Ruhe an.

Die Musik war laut, aber gut. Sie tanzten, lästerten über andere Gäste und hatten riesigen Spaß. Auf einmal entdeckte Thessa genau vor sich einen wunderschönen Hinterkopf mit braunen, kurzen Haaren und einem ausrasierten Nacken. Sie hatte ein Faible für Nacken, eine Eigenart, die ihr manchmal ein bisschen peinlich war.

Unwillkürlich fragte sie sich, ob der Mann, zu dem der Nacken gehörte, sich wohl irgendwann mal umdrehen würde, damit er auch sie entdecken konnte? Ob er wohl auch von vorne gut aussah? Seine Figur konnte sie kaum erkennen, da Leute zwischen ihnen standen, also vergnügte sie sich weiter und spähte immer wieder in seine Richtung. Er war von einer ganzen Horde Frauen umgeben, die ihn strahlend anlächelten und seine Aufmerksamkeit suchten, aber er schien sich nicht für sie zu interessieren. Zumindest redete er mit keiner und flirtete auch nicht, soweit Thessa das erkennen konnte. Er tanzte einfach ganz gemütlich zur tobenden Musik. Plötzlich wurde es ein bisschen hektisch und eng um Thessa: Von hinten drückte sich ein ungehobelter Kerl an ihr vorbei. Bemüht, das Gleichgewicht zu halten, hätte sie fast nicht mitbekommen, dass sich im selben Moment der braunhaarige Nacken vorne an ihr vorbeidrängte. „Na toll, jetzt kommen sie schon von beiden Seiten“, entschlüpfte es ihr. Sie vernahm nur ein amüsiertes Auflachen, konnte ihn kurz von der Seite erspähen, und schon war er an ihr vorbei und in der Menge untergetaucht.

Da stand sie nun inmitten der feiernden Menschen, und obwohl die Musik sehr laut war, übertönten ihre Gedanken die Lieder. Thessa war jetzt 28 Jahre alt, nicht hässlich oder, wie es oft in solchen dämlichen Kontaktanzeigen zu lesen war, „tageslichttauglich“, und beruflich sehr engagiert. Sie mochte ihre Arbeit und hatte schon in der Schule von der ganz großen Karriere geträumt. Doch obwohl ihr jeder ihrer Freunde bestätigte, dass sie sehr selbstbewusst sei, hatte sie immer das Gefühl, sich unter Wert zu verkaufen. Die Touristikbranche machte ihr großen Spaß, war aber unterbezahlt. Sie hatte eine wunderschöne Wohnung, die sie immer wieder mit viel Liebe umgestaltete und in die sie einen Haufen ihres hart erarbeiteten Geldes steckte: für neue Möbel, noch mehr Pflanzen, die zigte Kerze und was sonst noch zur Gemütlichkeit gehört.

Thessa konnte voller Überzeugung von sich behaupten, viele Freunde zu haben. Sie pflegte ihre Freundschaften intensiv, und bis dato musste sich noch jeder Mann an ihrer Seite mit dem zweiten Platz nach ihren Freunden zufrieden geben.

Seit nunmehr fünf Monaten war sie der klassische Single. Ihre letzte Beziehung hatte vier Jahre gedauert, aber als es um die große Frage ging, ob sie sich durch einen Ring am Finger offiziell für alle anderen Traummänner dieser Welt unerreichbar machen sollte, stellte Thessa fest, dass sie doch lieber noch einmal das Risiko des großen Kampfes im Dschungel der Singlewelt eingehen wollte. Sie war ein glücklicher Single, konnte sich sehr gut mit sich selbst beschäftigen, genoss ihre Freunde, war eine ausgesprochene Leseratte und gehörte nicht zu den Frauen, die das Leben ohne Mann als frustrierend empfanden. Und doch wusste sie, dass sie eines Tages eine Familie wollte. Mit 16 hatte sie geplant, dieses Ziel mit 27 erreicht haben zu wollen, aber dann kam doch alles anders. Sie gab sich weitere sechs Jahre Zeit, in denen sie sich erst einmal um ihre berufliche Laufbahn kümmern wollte. Männer konnten warten – ein bisschen wenigstens.

Von einem ihrer Lieblingssongs aus ihren Gedanken gerissen, stellte Thessa fest, dass sich ihre männlichen Begleiter alle in Luft aufgelöst hatten. Wahrscheinlich flirteten sie mit irgendwelchen Mädels. Thessa schmunzelte: Wer würde wohl ihr nächster Märchenprinz sein? Sie wollte ja nicht gleich in die nächste Beziehung hineinrutschen, aber so ein nettes Verhältnis wäre doch jetzt genau das Richtige. Ein bisschen was zum Flirten, einer, der ihr Ego streichelte und der vielleicht ab und zu Zeit zum Kuscheln hatte. Die Musik zog sie in ihren Bann. Wie gerne wäre sie jetzt auf die Tanzfläche gestürmt, aber ihre Jungs hatten ja Besseres zu tun. Ihr blieb keine andere Wahl: Sie fasste ihren ganzen Mut zusammen und ging einfach allein. Vielleicht würde es ja keiner merken, und selbst wenn: Dies war schließlich eine Diskothek und keine Zeig-mir-deine-Jacketkronen-Tanzbar, in der nur Paare erlaubt waren.

Thessa war hellwach, fühlte den wunderbaren Rhythmus und tanzte sich richtig ein. Alles um sie herum war ihr jetzt vollkommen egal, vor allem dieses blonde, merkwürdige männliche Etwas, das sie offensichtlich mit seiner schlechten Kopie von altbackenem Breakdance beeindrucken wollte. „Was für eine fürchterliche Vorstellung, dass ausgerechnet so ein Mann auf mich aufmerksam wird", dachte Thessa. „So weit ist es also schon gekommen, dass du alles tun musst, um nur ja kein Interesse bei diesem Bewegungslegastheniker zu wecken."

Thessa schenkte ihm ganz offensichtlich keine Beachtung. Hätte sie gewusst, wie die nächsten fünf Minuten ihr Leben verändern sollten, dann hätte sie genau in diesem Moment die Tanzfläche verlassen. Sonst musste sie doch auch 25 Mal am Tag zur Toilette, wieso nicht jetzt? Und sonst gab es auch immer wieder langweilige DJs, die dafür sorgten, dass man hin und wieder verschnaufen konnte, wieso nicht jetzt? Und wo bitte war ihr Schutzengel? Vielleicht lag er noch in Cancun am Strand und hatte absichtlich den Flieger ins kalte Deutschland verpasst.

Aber Thessa tanzte weiter, und auf einmal fühlte sie diesen Magneten im Bauch. Ein merkwürdiges Kribbeln, eine plötzliche Anziehung, die sie sich nicht erklären konnte. Ein Gemisch aus Neugier und sexueller Erregung. Sie war völlig perplex und gab sich doch wohlig diesem Gefühl hin. Wie von

Geisterhand geführt, bewegte sie sich weiter zum Rhythmus der Musik millimeterweise in eine bestimmte Richtung. Ganz langsam, unauffällig und unbeabsichtigt. Sie hielt den Kopf gesenkt und achtete nicht darauf, von wem oder was sie sich schlagartig so angezogen fühlte. Es war ihr fremd, und sie ließ es geschehen: Ein merkwürdiges Zittern in der Magengrube. Es war aufregend und zugleich beängstigend, dauerte ewig und war wahrscheinlich doch ganz kurz. Sie fühlte die Musik, genoss die Bewegungen ihres Körpers, schwelgte in dieser seltsamen Magie. Ihr war, als habe sie getrunken, als sei sie in Trance. Ab und zu schloss sie die Augen und gab sich diesem wunderbaren Gefühl ganz hin.

Minuten vergingen – oder waren es Stunden? Thessa hielt den Blick immer noch nach unten gerichtet, und plötzlich blickte sie auf ein Paar Männerschuhe. Sie sah nicht auf, aber sie genoss die Nähe dieses Mannes. Ihre Körper bewegten sich im selben Takt und tanzten immer mehr aufeinander zu, zielstrebig, aber doch vorsichtig, fast schüchtern. Sie vergaß die Zeit, genoss diese unglaubliche Anziehung und wagte nicht, ihn anzusehen. Die Musik, die Menschen um sie herum verschwanden, sie wiegte sich nur im Gefühl desselben Takts mit diesem Mann.

So tanzten sie fast eine halbe Stunde. Ihre Körper berührten sich immer wieder, und Thessa fragte sich, ob er es wohl wagen würde, sie anzufassen. Aber nichts dergleichen geschah. Er war mindestens einen Kopf größer als sie, kräftig gebaut und strahlte eine Energie aus, die sie beruhigte und zugleich erregte. Sie wurde neugierig, wollte wissen, wer er war, nahm all ihren Mut zusammen und hob ganz langsam den Kopf, während sie sich weiter zur Musik bewegte. Schüchtern lächelte sie ihn schließlich an. Auch er sah sie an: liebevoll, neugierig und mit einer Intensität, die sie nie vergessen sollte. Es nahm ihr schier den Atem. Was war nur los mit ihr? Warum war er ihr so vertraut, obwohl sie noch nie auch nur ein Wort miteinander gesprochen hatten? Sie war verunsichert, beunruhigt, nervös und fühlte sich gleichzeitig in seiner Nähe so wohl, dass sie am liebsten jetzt, in diesem Moment, auf der Tanzfläche in seine Arme gesunken wäre.

Es war ihr Märchenprinz – der Mann mit dem ausrasierten Nacken. Thessa war perplex. Doch wie es ihre Art war, schaltete sie schließlich ihr Gehirn wieder ein und hörte sich sagen: „Mit dir zu tanzen ist ja schon fast erotischer als Sex!“ Was für ein Einstieg, aber so war sie: offen und so ehrlich, dass sie andere manchmal fast schockierte.

Er lachte das Lachen, das sie vorhin schon vernommen hatte, als er sich in der Menge an ihr vorbeigeschoben hatte. Dann sah er sie zärtlich an und antwortete: „Genieß es einfach!“ – „Arroganter Affenarsch“, sagte sich Thessa, aber dann ließ sie ihre Gedanken wieder treiben und gab sich ihren Gefühlen hin. Ihr gesamtes Inneres tobte.

Auf der Tanzfläche wurde es immer heißer, und irgendwann stöhnte er auf und fragte sie auf eine seltsam ruhige Art, ob sie nicht etwas zusammen trinken sollten. An der Bar stellte er ihr seinen Bruder vor, der offensichtlich die ganze Zeit in der Nähe gewesen war, den Thessa aber bis dahin nicht bemerkt hatte. Sie bestellte sich eine Cola, Victor, der Märchenprinz, nahm eine Cola Light. Innerlich erteilte sie ihm dafür einen Minuspunkt. Cola Light war eigentlich nur was für Weicheier. Der zweite Minuspunkt folgte, als er sich eine West Light anzündete. Richtige Männer rauchten Marlboro oder Lucky Strike. Aber sie wollte großzügig sein und sah darüber hinweg. Warum eigentlich? Anderen Männern gab sie schon die rote Karte, wenn sie kein Hochdeutsch sprachen, und auch das war nicht gerade Victors Stärke. Doch bei ihm tat sie den hessischen Dialekt als leichte Schwäche ab, und es störte sie nicht sehr.

Thessas frische Urlaubsbräune ergab ganz natürlich ein Gespräch über Urlaubziele. Thessa erzählte von Mexiko, Victor von einer Türkeireise. Sein Bruder Mike, der mit ihnen am Tisch saß, beobachtete sie, sagte aber kaum etwas. Sie unterhielten sich angeregt über fremde Länder, Tauchen und das Kennenlernen in Diskotheken. Victor redete wie ein Wasserfall darüber, wie er mit Frauen flirtete und auf was sie alles abfuhren. Dabei machte er sich meistens über Thessas Geschlechtsgenossinnen lustig. Sie staunte über seine Offenheit und fragte sich, warum er sie in die „Geheimnisse" der Männer einweihte. Einerseits fand sie seine Lästereien schäbig, andererseits fühlte sie sich geschmeichelt, dass er sich ihr so offenbarte.

Plötzlich ergriff sein Bruder das Wort und fragte sie über ihren Job aus. Als Thessa erwähnte, dass sie in der Touristikbranche sei, stutzten beide, und Victor wollte wissen, ob sie beim Fliegenden Personal sei. Thessa verneinte, gleichzeitig fiel ihr seine fast unmerkliche Erleichterung auf, aber sie schenkte dem keine weitere Beachtung. Mike sprudelte vor Begeisterung darüber, wie sie beide sich auf der Tanzfläche immer näher gekommen seien und das auf eine so zärtliche und vertraute Art. Er meinte, es sei einigen Leuten aufgefallen, aber ihnen selbst wohl nicht. Thessa lächelte nur und schaute mit hochgezogenen Augenbrauen zu Victor hinüber, der sie die ganze Zeit fast schüchtern am Arm berührte. Mike meinte, sie sollten unbedingt ihre Telefonnummern austauschen, aber niemand hatte einen Kugelschreiber dabei, und eine Bedienung war weit und breit nicht zu sehen.

Da tauchte Oliver, einer von Thessas Freunden, auf und erklärte, dass es Zeit sei nach Hause zu gehen. Es war bereits vier Uhr morgens. Schnell verabredete sich Thessa mit Mike und Victor für den folgenden Abend in einer Bar in Frankfurt. Sie ging zur Kasse und bezahlte. Beim Rausgehen meinte Oliver nur: „Lass die Finger von dem." Erstaunt fragte Thessa, ob er den Mann kenne, aber er antwortete nur: „Nein, aber ich habe kein gutes Gefühl bei ihm." Thessa war völlig perplex. „Das verstehe ich nicht – du kennst ihn doch gar nicht!" – „Ich kann es dir nicht erklären, es ist nur so ein Gefühl", entgegnete Oliver. Thessa dachte nicht weiter über diesen Satz nach und tat das

Ganze mit dem Gedanken ab, dass irgendwas Oliver an dem Abend wohl frustriert hatte. Sie war viel zu aufgewühlt über die außergewöhnliche Begegnung und fand sie viel zu spannend, um Victor nicht ein weiteres Mal zu treffen. Außerdem waren sie bereits für den nächsten Abend verabredet.

Thessa konnte kaum einschlafen, träumte immer wieder von Victor und dieser seltsamen Situation auf der Tanzfläche. Nachdem sie sich lange hin und her gewälzt hatte, fiel sie endlich in einen unruhigen Schlaf. Am nächsten Morgen rief sie gleich ihre Freundin Beatrice an, erzählte ihr in allen Details vom letzten Abend und der bevorstehenden Verabredung. Abends fuhren beide Frauen schließlich gemeinsam nach Frankfurt.

Wird wohl eine Narbe hinterlassen

Welche Enttäuschung: Weder Victor noch Mike tauchten am vereinbarten Ort auf. Thessa konnte es nicht verstehen, aber ihre Freundin Beatrice meinte nur: „So sind die Männer – willkommen in der Welt der Singles!" Trotzdem – irgendetwas sagte Thessa, dass es so leicht nicht sein würde. Thessa konnte es einfach nicht glauben, dass das schon alles gewesen sein sollte. Wer lernte sich denn auf so eine besondere Art und Weise kennen, und dann auch noch in einer Diskothek? Sollte sie sich so sehr in ihren Gefühlen geirrt haben? Sie war sich ganz sicher, dass sie und Victor etwas Magisches verband, das konnte auf keinen Fall hier schon beendet sein. Dafür war sie einfach zu romantisch.

Thessa überlegte fieberhaft, wie sie wohl an seine Telefonnummer kommen könnte. Sie wusste nur, dass Victor in Frankfurt lebte, am Flughafen arbeitete, Anfang dreißig war, gerne tauchte und sehr gut aussah. Sein Bruder Mike lebte in Aschaffenburg. Den Nachnamen der beiden kannte sie nicht, aber dank der technischen Möglichkeiten des einundzwanzigsten Jahrhunderts müsste doch herauszufinden sein, welcher Victor in Frankfurt und welcher Mike in Aschaffenburg denselben Nachnamen trugen. Sie recherchierte zwei Wochen, unterstützt von Beatrice. Sie terrorisierte die Telefonauskunft unter dem Vorwand, es sei ein Notfall, aber die Suche blieb erfolglos. Schließlich gab sie auf, mit einem wissenden Gefühl der Ruhe. Mit den Worten: „Wenn wir weiterhin Kontakt haben sollen, wird mein Schutzengel schon dafür sorgen", erlöste sie Beatrice von der Detektivarbeit.

Es war dieses merkwürdige Wissen, diese tiefe Sicherheit einer Liebenden: „Wenn er wirklich der Mann meines Lebens sein soll, dann wird er zu mir zurückkehren, dann werden wir uns noch einmal begegnen, dann wird es einen Weg geben."

Thessa vertiefte sich in ihren Alltag und vergaß Victor fast.

Nur ab und zu erinnerte sie sich an die außergewöhnliche Begegnung, und ein Lächeln huschte über ihr Gesicht.

Und dann rief ungefähr drei Wochen später Beatrice ganz aufgeregt an: Sie hatte in ihrem Sportstudio einen gewissen Ray kennen gelernt, der aus derselben Ecke Frankfurts kam wie Victor. Im Gespräch fanden dann beide heraus, dass Ray Victor kannte. Beatrice erzählte von Thessa, und Ray bot an, ihre Telefonnummer an Victor weiterzuleiten.

Thessa hatte inzwischen einen heißen Briefkontakt zu einem guten Bekannten ihrer Freundin Aly in Thailand aufgenommen. Marc war der Erfahrung wegen für ein Jahr nach Bangkok gegangen: Thessa und er hatten sich kurz vor seiner Abreise kennen gelernt. Marc war ihr sehr sympathisch gewesen, und sie hatte versprochen, ihm zu schreiben. Zu Marcs dreißigstem Geburtstag hatten Thessa und Aly einen Videofilm für ihn aufgenommen: Darin tanzten sie für ihn, erzählten ihm Witze, stellten ihm einen eigens für ihn gegründeten Fanclub vor, der aus lauter Stofftieren bestand, und kreierten so ein rundum schönes Geburtstagsvideo. Kurz vor Beendigung des Filmes an einem Sonntag lagen beide Frauen völlig erschöpft von den Filmaufnahmen, vom Hantieren mit der Kamera und vom pausenlosen Gelächter auf dem Sofa. In dem Moment klingelte das Telefon.

Thessa nahm ab und meldete sich wie üblich mit einem fragenden: „Ja, hallo?“ Die Antwort kam zögernd: „Hallo, hier ist Victor.“ Sie erkannte ihn nicht sofort und fragte: „Wer?“ – „Victor aus der Diskothek, vor ein paar Wochen!“

Ihr Herz fing an zu klopfen. Sie wollte Aly ein Zeichen geben, aber die war schon auf dem Sofa eingeschlafen. Thessa nahm das Telefon mit in ihr Schlafzimmer und horchte auf seine sanfte Stimme. Auch Victor freute sich über den unglaublichen Zufall, der sie nun doch noch Kontakt zueinander hatte finden lassen. Er entschuldigte sich, dass er am verabredeten Abend nicht erschienen war, und gab als Grund an, er sei verhindert gewesen.

Thessa erwiderte prompt: “Du hast eine Freundin, stimmt´s?“ Kleinlaut bejahte er und wartete hörbar gespannt, wie sie reagieren würde. „Das ist doch phantastisch“, meinte Thessa im Brustton der Überzeugung, „ich will sowieso keine feste Beziehung!“ Insgeheim war sie sich dessen jedoch nicht mehr so sicher.

Eigentlich war ihre Äußerung zu rational, und sie hatte schon fast das Gefühl, zu kühl reagiert zu haben, aber er schien erleichtert und meinte, wenn das kein Problem für sie sei, könnten sie sich ja noch einmal treffen. Dabei beließen sie es und verabredeten sich in derselben Diskothek, in der sie sich das erste Mal begegnet waren.

Es war der 6. Oktober, als sie ihn endlich wiedersah. Er trug ein kariertes Hemd, das ihr überhaupt nicht gefiel – eigentlich schon der siebte Minuspunkt. Die anderen waren sein hessischer Dialekt (wenn auch nur leicht), Cola Light, West Light, das Lustigmachen über Frauen, unentschuldigtes Fehlen und das Treffen mit Thessa, obwohl er eine Freundin hatte.

Seine Nähe war jedoch so umwerfend, dass sie dies alles überging. Thessa erspähte ihn auf der Tanzfläche, schlich sich von hinten an ihn heran und tanzte direkt hinter ihm. Er schien ihre Nähe zu spüren und drehte sich langsam mit einem strahlenden Lächeln zu ihr um. Sie tanzten nur kurz und gingen dann in ein Bistro. Victor bestellte sich eine große Portion Nachos, Thessa gar nichts, weil sie wusste, dass sie sowieso keinen Bissen runterkriegen würde. Sie unterhielten sich angeregt über die Jahre, die sie bis dahin ohne einander verbracht hatten. Nach zwei Nachos merkte Victor kaum, dass er sein Essen nicht mehr anrührte, bis ihn der Kellner darauf ansprach. Victors Reaktion war so prompt wie ehrlich: „Ich bin zu nervös zum Essen.“ Der Kellner lachte, und Thessa und Victor stimmten ein.

Beide waren innerlich aufgewühlt und wollten eigentlich nur noch alleine sein. Sie sahen sich ununterbrochen in die Augen, bis Victor plötzlich sagte: “Es ist zu hektisch hier. Ein ruhiger Raum mit schöner Musik und einem Kamin wäre jetzt genau das Richtige!“ Und Thessa hörte sich selbst antworten: „Lass uns gehen.“ Sie bezahlten und gingen zum Parkplatz. Noch nie hatte Thessa einen Mann sofort mit zu sich nach Hause genommen – undenkbar! Und das Schlimmste: Sie dachte nicht eine Sekunde darüber nach.

Sie musste die ganze Zeit grinsen, und er fragte sie immer wieder warum. Sie aber hüllte sich nur in geheimnisvolles Schweigen und sagte ihm, er solle ihr einfach hinterherfahren.

Das Haus, in dem Thessa wohnte, befand sich teilweise noch im Bau. Sie lotste ihn durch das Chaos aus Beton, Mörtel und Schutt zu ihrer Wohnung im ersten Stock. Dort angekommen, bedeutete sie ihm, die Augen zu schließen, und führte ihn in ihr Wohnzimmer. Erst dort durfte er die Augen wieder aufmachen. Sein Blick fiel als Erstes auf den Kamin, Thessas ganzer Stolz und der einzige Grund, warum sie die Wohnung genommen hatte.

Er reagierte auf seine ruhige, leise Art, indem er nur sagte: „Jetzt weiß ich, warum du die ganze Zeit gegrinst hast.“ Sogleich legte er Holz auf und entzündete ein schönes Feuer. Thessa schenkte zwei Gläser Sekt ein, legte Musik auf und setzte sich zu ihm. Sie sprachen kein Wort. Keine Bemerkung, keine Fragen, kein Kommentar, nichts. Stillschweigend genossen sie die gemütliche Atmosphäre, als ob sie das schon unzählige Male getan hätten.

Victor umarmte Thessa und setzte sie auf seinen Schoß. Er hielt sie fest wie eine Mutter ihr Baby. Beide lauschten der Musik. Sie sahen sich nur an, streichelten sich nicht und bewegten sich auch sonst nicht. Einer versank in den Augen des anderen. Sie genossen die unendliche Ruhe, die sie in diesen Blicken fanden, das bedingungslose Vertrauen, die Erfüllung aller Träume, die Gewissheit, dass dies für sie beide einer der schönsten Momente ihres Lebens war.

Stunden später erhob sich Thessa und küsste ihn sanft auf die

Wange. Sie vermied es, seine Lippen zu berühren, streichelte ihn und kraulte seinen Nacken. Victor schaute sie ununterbrochen an, sagte aber nichts und beobachtete sie zärtlich und zugleich sehr ernst. In seinem Blick konnte sie einen Anflug von Angst, Neugier, Ruhe, Glückseligkeit und tiefer Traurigkeit zugleich erkennen. Noch nie hatte sie so ausdrucksstarke Augen gesehen, die so viele gegensätzliche Gefühle preisgaben. Wieder tauchte sie in seinen Blick ein, versuchte seine Gedanken zu ergründen und seine Sprache zu verstehen.

Endlich küsste sie ihn. Es war ein zärtlicher, sehr langer, liebevoller Kuss. Sie sahen sich wieder tief in die Augen, und Thessa flüsterte: „Gott sei Dank." – „Was denn?", fragte er leise, und Thessa antwortete: „Gott sei Dank küsst du so gut. Das können die Wenigsten. Oft ist mit dem ersten Kuss schon alles vorbei." Er lachte und sagte: "Das erklärt, warum du dafür so lange gebraucht hast. Und ich dachte schon, du würdest mich überhaupt nicht küssen!" Zufrieden lag sie in seinen Armen. Bis in die frühen Morgenstunden rührten sie sich nicht und versanken wieder in dem Blick des anderen. Die einzige Ablenkung waren weitere innige Küsse, so liebevoll, dass Thessa meinte, vor Freude weinen zu müssen.

Erst als es hell wurde, verließ er sie, um nach Hause zu fahren. Thessa hätte ihn so gerne bei sich behalten und mit ihm das ganze restliche Wochenende verbracht. Auf der anderen Seite fand sie es gut, erst einmal ein wenig zu verschnaufen. Sie wusste, dass sie ihn wiedersehen würde.

Victor meldete sich gleich am nächsten Tag. Da seine Freundin Stewardess war, konnten sie sich für einen der nächsten Abende verabreden. Bis dahin telefonierten sie fast täglich, wann immer er sich bei ihr meldete. Thessa hatte seine Telefonnummer, traute sich aber nie ihn anzurufen, aus Angst seine Freundin am Telefon zu haben.

Beim nächsten Wiedersehen brachte Victor ihr einen Strauß rosafarbener Rosen mit. Thessa, die rosa Rosen hasste, tat dennoch entzückt. Es wurde eine wunderbare Nacht: Sie zündeten wieder den Kamin an, Kerzen verbreiteten ein warmes Licht, sie legten ruhige Musik auf und schufen sich so ihre kleine Welt. Der Übergang von intensiven Blicken zu Küssen, vom sanften Streicheln von fremder Haut, dem Aneinanderkuscheln und Schmusen bis zum zärtlichen Verschmelzen ihrer beiden Körper war so fließend, dass sie in ihrem Trancezustand wie selbstverständlich miteinander schliefen, ohne auch nur einen Moment zu zögern. Alles Denken war vollständig ausgeschaltet, ihre erste Nacht war nur von Gefühlen geleitet.

Sie fühlten sich durch den Körper des anderen, nahmen ihn mit all ihren Sinnen auf, schmeckten sich durch Küsse, ertasteten sich, erlagen dem innigen Gefühl, die nackte Haut des anderen zu spüren, ertranken in Liebkosungen und Nähe, bis die aufgehende Sonne sie auf die Erde zurückholte. In dieser Nacht sprachen sie ohne Worte. Sie waren gefesselt von der Tatsache, sich nicht erklären zu müssen. Ihr Verständnis von Erotik, Zärtlichkeit und Sex war so identisch, dass sie nur vom berauschenden Gefühl dieser Erkenntnis lebten und es schweigend genossen.

Der zweite Abschied tat ein bisschen weh, und Thessa fühlte sich an diesem Abend alleine gelassen, als er ging. Ihre Bettdecke konnte ihr nicht die Wärme geben, die seine Umarmung spendete, und sie fand es schade, dass er nicht einfach bis zum Frühstück dablieb. Trotzdem war sie glücklich und wusste, dass sie sich wahrscheinlich unsterblich verlieben würde.

An diesem Abend schrieb Thessa in ihr Tagebuch: „Ist seit 14 Jahren liiert, wird wohl eine Narbe hinterlassen."

Regenbogensonnenschein

Zwei Tage später rief er an, und sie sahen sich erneut. An diesem Abend wurde ein immer wiederkehrendes Ritual festgelegt: Sie trafen sich immer bei Thessa. Nach langer, inniger Begrüßung zündete er ein Feuer im Kamin an und sie breiteten Decken davor aus. Sie öffneten eine Flasche Sekt oder tranken Cola (richtige Cola!), kuschelten sich aneinander und sprachen stundenlang über Träume und Wünsche und wie sie diese wohl verwirklichen könnten. Er vertraute ihr seine intimsten Geheimnisse an. „Ich wundere mich, dass ich mit dir so offen darüber sprechen kann. Normalerweise bin ich eher ein stiller Mensch, aber bei dir rede ich pausenlos", meinte er. Sie genoss das Vertrauen, das er ihr schenkte und sah es als ein großes Kompliment an.

Er rief sie fast jeden Tag an, aber das war ihr schon nach dem ersten Abend nicht mehr genug. Wenn es nach ihr gegangen wäre, hätte er sie jede Stunde einmal anrufen müssen. Verging einmal ein Tag ohne Anruf, starb sie fast. Geduld war noch nie ihre Stärke gewesen. Die Unruhe in ihrem Bauch machte sie fast krank; manchmal war sie richtig verzweifelt und hätte losheulen können, wenn er sich zwei Tage hintereinander nicht meldete. Und manchmal heulte sie dann auch tatsächlich los.

Wenn sie ihn dann aber am Telefon hatte, war sie die Ruhe selbst. Ganz friedlich, zuckersüß und soooo lieb. Sobald er am anderen Ende der Leitung war, war die Welt wieder in Ordnung. Victor war jedes Mal so hinreißend, dass Thessa das Gefühl hatte, er würde gar keine Minute ohne einen Gedanken an sie leben.

Ihre Beziehung war von Anfang an von einer Zärtlichkeit geprägt, die Thessa immer wieder vergessen ließ, unter welchen Bedingungen sie diese Beziehung führten. Victor war der romantischste Mann, dem sie je begegnet war. Er war von einer Ruhe, die ihr unglaublich gut tat. Sie selbst wurde von ihren

Freunden immer als Energiebündel bezeichnet, und sie musste zugeben, dass das recht passend war. Sie war von einer ständigen Ruhelosigkeit, die ihr oft selbst auf die Nerven ging. Aber trotz ihrer nach außen getragenen Energie und teilweise auch Härte war sie sehr romantisch und liebebedürftig. Niemals hätte sie sich selbst so beschrieben, weil es ihr immer peinlich war, so sensibel zu sein. Der Schutzmantel ihrer Arroganz kam ihr in den meisten Situationen sehr gelegen. Kaum jemand erahnte den weichen Kern, der unter dieser harten Schale zu finden war.

Bei Victor war das anders, er hatte sich keine Sekunde lang von ihr täuschen lassen. Vom ersten Moment an hatte sie das Gefühl, dass jedes Verstecken von Gefühlen bei ihm völlig sinnlos war. Er hatte sie sofort so erkannt wie sie war, ja er hatte ihre andere Seite scheinbar überhaupt nicht wahrgenommen. Er hatte ihre so hart erarbeitete Mauer nicht einmal durchbrochen, er war einfach durch sie hindurch gegangen, als ob sie gar nicht existierte.

Umgekehrt war es ähnlich: Victor öffnete sich ihr wie keinem anderen Menschen zuvor. Er lag vor ihr wie ein offenes Buch, und sie las Seite für Seite seine Geschichte, seine Träume, seine Welt. Eines Nachts erzählte er ihr von seinem großen Kindertraum: Er hatte immer Hubschrauberpilot werden wollen. Er erzählte genau, welche Einsätze er flog, wen er rettete und dass er sich schon immer als Einzelgänger, als Held, als mutiger Mann auf einsamen Wegen gesehen habe. Thessa nahm ihn in die Arme, wo er nach langem Schweigen schließlich einschlief.

Sie beobachtete ihn, sah sein hübsches Gesicht an: Die hohe Stirn, die korrekten Augenbrauen, seine süße Nase und den vollen Mund. Für sie war es das schönste Gesicht der Welt, und Thessa konnte gar nicht aufhören es zu studieren. Plötzlich murmelte er im Schlaf: „Zauberflöte." Thessa fing an zu kichern, und davon wurde er wach. „Was bedeutet denn ‚Zauberflöte'?", fragte sie ihn zärtlich, aber er sah sie nur fragend an. Er konnte sich nicht erinnern, wovon er geträumt hatte. „Zauberflöte" war von nun an ihrer beider Begriff für vergleichbare Situationen.

Sie redeten viel, ganze Nächte durch. Sie sprachen auch lange über seine Beziehung. Mit seiner Freundin war er inzwischen seit 14 Jahren zusammen. Er beschrieb ihre Beziehung als eingefahren (das hörte Thessa gerne), dass sie kaum miteinander sprachen (auch das gefiel Thessa), aber gut miteinander leben könnten (wie spannend), dass er sein ganzes Leben im Prinzip mit ihr verbracht habe und schon fast ein Bruder-Schwester-Verhältnis mit ihr habe, und dass er sich vorstellen könne mit ihr alt zu werden (das wollte Thessa nicht hören), aber manchmal glaube, er müsse irgendwann ausbrechen (das gab Thessa Hoffnung).

Er war kein treuer Mann. Vor Thessa hatte er Lydia bereits mit anderen Frauen betrogen. Teilweise waren es nur kurze Verhältnisse gewesen, teilweise auch längere Geschichten über ein oder zwei Jahre. Hauptsächlich hatte er sie mit Frauen aus dem gemeinsamen Bekanntenkreis hintergangen und dabei selbst vor der Frau seines besten Freundes nicht Halt gemacht. Er war ein Filou und gehörte eigentlich zu der Sorte von Männern, die Thessa überhaupt nicht schätzte, und das sagte sie ihm auch.

„Aber dieses Mal ist es etwas ganz anderes", beteuerte er glaubwürdig. Seltsamerweise glaubte Thessa ihm. Er hätte ihr all seine Seitensprünge nicht gestehen müssen, aber er tat es und lieferte sich ihr damit aus. Ein Telefonanruf hätte genügt, und sie hätte sein ganzes Leben auf den Kopf stellen können. Victor vertraute ihr Namen, Orte und Situationen an und breitete sein gesamtes Inneres vor ihr aus. „Du weisst nach ein paar Wochen schon mehr über mich als andere, die mich schon ein Leben lang kennen", stellte er manchmal erstaunt fest. Thessa hörte Victor gerne zu. Es war ein unglaublich schönes Gefühl, immer mehr über ihn zu erfahren und ihm so ständig näher zu kommen. Sie stellte gezielte Fragen und erfuhr so seine ganze Lebensgeschichte.

Victor stammte aus eher einfachen Familienverhältnissen. Er hatte zwei Brüder und eine Schwester, die zwischen vier und zehn Jahren älter waren als er. Als Victor sieben war, verließ der Vater die Familie. Er war schwerer Alkoholiker, und es gab wohl unschöne Szenen in Victors Vergangenheit, die er nie wirklich verarbeitet hatte. Victors Mutter zog die vier Kinder alleine groß und lebte lange Zeit mit Victor alleine, da er als Nesthäkchen wesentlich später als seine Geschwister das Elternhaus verließ. Er lernte Lydia bereits mit 19 Jahren kennen und zog direkt von seiner Mutter zu ihr. Sie lebten in einem Ein-Zimmer-Apartment im Haus von Lydias Eltern, hatten beide denselben Beruf erlernt, sich dann aber umorientiert.

Heute war Lydia Stewardess, und er arbeitete auf dem Vorfeld am Frankfurter Flughafen. Victor gestand Thessa, dass er Lydia dazu bewegt habe zum Fliegenden Personal zu wechseln, weil er insgeheim mehr Freiheit wollte. Da Lydia keinen eigenen Freundeskreis besaß, unternahmen sie alles zusammen, was Victor oft störte. Jetzt genoss er den Freiraum, den er durch ihre häufigen Flüge bekam. Er beschrieb Lydia als eher konservative Frau, die klare Vorstellungen von einer Beziehung habe und auch nur für diese lebe. Da sie sehr hübsch sei, bekäme sie viele Komplimente von Passagieren und habe bei ihrer Fluggesellschaft einen guten Ruf. „Viele ihrer Kollegen sehen in ihr eine Vertrauensperson, sie aber vertraut sich niemandem an, obwohl sie immer wieder den Anschein erweckt, nicht sehr glücklich zu sein", erzählte Victor. „Ich habe oft das Gefühl, dass sie depressiv veranlagt ist, aber sie hält an ihren Vorstellungen von einer intakten Beziehung fest und macht keinerlei Anstalten, sich von mir zu lösen, obwohl ich mich schon oft bei dem Wunsch ertappt habe, dass dies endlich passiert. So wäre es für mich am einfachsten." Thessa wunderte sich über diese Aussage, hatte er ihr doch einmal gesagt, dass er sich vorstellen könne, mit Lydia alt zu werden.

Victor verlor sich in seinen Erzählungen immer wieder zwischen Wünschen, Träumen und der Realität. Daraus ergab sich ein solches Durcheinander, dass Thessa sich nicht selten fragte, was er eigentlich wirklich vom Leben erwartete. Es war offensichtlich, dass er eigentlich ausbrechen wollte und nach einem Neuanfang suchte, bisher aber nie den Mut, die Kraft oder einen wirklichen Grund dafür gehabt hatte.

Thessa war eine gute Zuhörerin. Sie nahm jedes Wort auf und analysierte es. Schon nach dem dritten oder vierten Treffen wusste sie, dass dies kein bloßes Verhältnis werden würde. Viel zu viel teilten sie bereits nach kürzester Zeit. Das Vertrauen war zu tief, der Wohlfühlfaktor zu groß, die Selbstverständlichkeit, im anderen keine Gefahr zu sehen, keine Kritikpunkte zu suchen und sich somit selbst nicht vor dem anderen schützen zu müssen war zu deutlich. Das alles war mit nichts vergleichbar, was sie bisher erlebt oder in einer schönen Hollywoodproduktion gesehen hätte. Thessa war längst unsterblich verliebt, aber das hätte sie trotz aller Offenheit nie zugegeben.

Über sechs Wochen lang lernten sie sich immer besser kennen, redeten nächtelang, diskutierten den Sinn des Lebens, vertrauten sich alles an und träumten gemeinsam von einer besseren Welt. Sie planten eine eigene Tauchbasis in der Karibik, Flitterwochen auf den Solomonen, richteten Thessas Wohnung in Gedanken so ein, wie sie sie zusammen haben wollten, sprachen über Tagesabläufe, Urlaube und gemeinsame Kinder und bauten Luftschlösser, bis sie müde wurden und sich – schon halb im Schlaf – mit ihren Körperwelten beschäftigten.

Thessas Hobby war neben dem Lesen und Reisen Gedichte zu schreiben und so brachte sie folgende Zeilen über ihre neue Liebe zu Papier:

Regenbogensonnenschein

Was für ein Gefühl, so verliebt zu sein
Zu wissen, dir geht es auch so
ist wie ein Regenbogen im Sonnenschein.

Schmetterlinge im Bauch, wenn ich dich bei mir spüre
Trance-Zustand, wenn ich dich berühre
Ich ertrinke in deinem faszinierenden Blick
Nur du holst mich auf diese Welt zurück.

Ganz selbstverständlich ehrliches Vertrauen
Das brauchten wir nicht aufzubauen
Von Anfang an war ´s einfach da
Wie im Traum – und doch ist es wahr.

Es wäre wie im Märchen, unsere Regenbogenwelt
Aber es drohen Wolken, dass sie in Stücke fällt
Wir wollen einfach das Dunkel nicht sehen
Eine Treue, die nur wir beide verstehen.

Was ist, wenn sich die schwarze Wolke
doch vor unsere Sonne stellt
Und mit dicken, fetten Tropfen
der Regen auf uns fällt
Wirst du dich dann in deine Welt verdrücken
Oder nimmst du all deinen Mut
um für mich die Sterne vom Himmel zu pflücken?

Eines Abends lagen sie wieder einmal vor dem Kamin, hielten sich in den Armen und träumten vor sich hin. Plötzlich rollte Victor sich zur Seite und sagte ziemlich unvermittelt: „Ich halte das nicht mehr aus.“ – “Was?“, fragte Thessa ziemlich erschrocken. Er sah zur Decke und sagte: „Ich schaff das nicht mehr. Ich will zu dir. Ich will mit dir leben. Ich will bei dir sein. Ich sag ihr alles und trenne mich von ihr. Ich will nur noch zu dir!“ Thessa sagte nichts. Sie nahm ihn nur in die Arme, streichelte ihm liebevoll über den Kopf, und er kuschelte sich an sie. Schmunzelnd sagte sie schließlich: „320 Euro!“ Er schaute hoch und fragte verwundert: “Was meinst du damit?“

Thessa lachte und sagte: „Das kostet dich 320 Euro im Monat. Die Hälfte der Miete." Beide brachen in schallendes Gelächter aus. War eine Situation heikel und leicht beängstigend, machte Thessa immer irgendeinen Spruch, um die Spannung zu lösen. Wurde es für Thessa zu ernst, sagte Victor etwas Lustiges, um die Situation ins Lächerliche zu ziehen. Danach folgte immer ein Kuss, und dann verloren sich beide in ihrer Lust und dem Wunsch, den anderen so nah wie möglich bei sich spüren. Beide waren sich ihrer Lage bewusst, ließen aber dennoch alles geschehen, ohne Fragen oder Erwartungen an den anderen zu richten.

Das Besondere an ihrer Beziehung war, neben den Gesprächen, die Ekstase, die sie zusammen erlebten, die unglaubliche Erotik, die sie bis dahin nie kennen gelernt hatten, die durchfühlten Stunden, die vielen Orgasmen und die sexuelle Lust, in die sie sich hineinsteigerten und die im Lauf der Zeit immer extremere Formen annahm. Es war gigantisch. Thessa konnte nicht glauben, was da mit ihr passierte. Noch nie hatte sie sich einem Mann so geöffnet, noch nie so viel Spaß daran gehabt, einen Mann zu verführen oder sich verführen zu lassen. Noch nie war sie so scharf auf einen Mann gewesen und noch nie so voller Hingabe.

Es gab keine Tabus. Ganz im Gegenteil: Beide waren so neugierig aufeinander, dass sie jedes nur erdenkbare Gefühl im anderen hervorrufen wollten. Unbedingt wollten sie zusammen Dinge erleben, die sie bis dato noch nie ausprobiert hatten. Beide wussten, dass sie im anderen einen Partner hatten, mit dem sie alle sexuellen Wünsche und Träume in die Realität umsetzen konnten. Es gab keine Grenzen, und das spielten beide aus, langsam und bedächtig, um den anderen nicht zu überfordern oder zu verängstigen. Es gab so gut wie nichts, das sie nicht miteinander erlebten und was man zu zweit nicht erleben konnte. Und mit jeder überschrittenen Grenze und jedem neuen Erlebnis fühlten sie sich mehr miteinander verbunden und stürzten sich bewusst in eine immer größer werdende sexuelle Abhängigkeit.

Es sollte ihr Verhängnis werden.

Schlaflos, ruhelos, aussichtslos

Lydia war wieder einmal unterwegs, und am Abend vor ihrer Rückkehr gingen Victor und Thessa zusammen essen. Victor hatte Spätdienst, ein gemeinsamer Abend kam somit nicht in Frage. Sie trafen sich in einem Vorort von Frankfurt und gingen in ein italienisches Restaurant. Während des Essens starrten sie sich Händchen haltend an. Dann gab Thessa Victor ein kleines Päckchen. Er lächelte, öffnete es und schaute sie lange an. „Danke", sagt er nur und gab ihr einen Kuss. „Ich liebe Dich." Thessa hatte für ihn ihre Wohnungsschlüssel nachmachen lassen.

Als sie sich an diesem Abend trennten, hatte sie ein merkwürdiges Gefühl im Bauch. Eigentlich ging ihr alles viel zu schnell, andererseits war sie in diesen Mann völlig vernarrt. Sie hatte ihm bis dahin nicht ein einziges Mal gesagt, dass sie ihn liebe, aber er konnte es in ihren Augen lesen. Thessa tat sich immer schwer damit, ihre Gefühle zu äußern, aber Victor drängte sie nicht, wie das so viele Männer vor ihm getan hatten, und dafür liebte sie ihn umso mehr.

Ihre Beziehungen vor Victor waren immer von äußeren Umständen geprägt gewesen. Man hatte einen gemeinsamen Freundeskreis, unternahm viel zu zweit, bezog aber die Umwelt immer mit ein. Mit Victor erlebte sie eine Beziehung, die nur aus ihnen beiden bestand. Kein anderer Mensch hatte da Einblick. Sie waren immer alleine und lebten in ihrer eigenen kleinen Welt. Außer Thessas Freundin Aly hatte bis dahin niemand Victor kennen gelernt. Ihre Freunde kannten ihn nur aus Erzählungen. Das war für Thessa völlig neu, aber irgendwie auch spannend. Trotz der kurzen Zeit, die sie sich kannten, wusste Thessa, dass Victor ihr Traummann war, und sie wollte sich einfach in diese neue Beziehung hineinstürzen und abwarten, was passierte.

Sie stocherten in ihrem Essen und wagten kaum zu reden. Beide wussten, dass eine harte Zeit auf sie zukommen würde, weil Victor beschlossen hatte Lydia mitzuteilen, dass er sich von ihr trennt, um dann auch sofort auszuziehen. Das war für ihn nicht einfach, da er Lydia nicht verletzen wollte und genau das sich aber nicht vermeiden ließ. Victor verabschiedete sich an diesem Abend von Thessa mit den Worten: „Na dann, auf in den Kampf. Ich komme mir vor, als ob ich in einen Krieg ziehen würde." Thessa lachte: „Überleg´s dir noch mal, ich bin weiß Gott kein Engel." Er sah sie schmunzelnd an und antwortete: „Dafür liebe ich dich ja so." Dann schloss er die Autotür, und Thessa fuhr davon. Jetzt hieß es abwarten, bis er sich meldete, um ihr zu sagen, dass er ausgezogen sei, alles hinter sich habe und jetzt zu ihr käme.

In dieser Nacht schlief sie sehr unruhig, hatte das Telefon neben das Bett gestellt, weil sie ja nicht wissen konnte, ob er vielleicht anrufen würde. Aber es kam kein Anruf. Am nächsten Morgen machte sich Thessa völlig übermüdet auf den Weg ins Büro. Jedes Mal, wenn das Telefon klingelte, blieb ihr Herz fast stehen, und sie nahm erwartungsvoll den Hörer ab. Die Stunden zogen sich hin, und Thessa war schon den Tränen nahe, weil sie nichts von ihm hörte.

Gegen Nachmittag rief er endlich an. Er war völlig fertig, seine Stimme klang sehr müde und verzweifelt, als er sagte: "Ich bin am Ende. Es war viel schlimmer, als ich es mir vorgestellt habe. Sie hat mir mit Selbstmord gedroht, wenn ich sie verlasse. Ich muss jetzt erst mal bei ihr bleiben." – „Wo bist du? Können wir uns kurz treffen?", fragte Thessa. „Nein, ich muss jetzt zu Lydia zurück. Ich melde mich wieder." Dann legte er auf.

Thessa war verwirrt. Sie wusste nicht, was sie tun sollte, wie sie ihm helfen konnte. Ihr war fast schlecht vor Angst. Die Sorge, dass er nicht genug Kraft haben könnte, sich von Lydia zu trennen, ließ sie nicht los. Sie stürzte sich in ihre Arbeit, erhoffte sich dadurch Ablenkung, aber am Ende des Tages wusste sie gar nicht so recht, was sie eigentlich getan hatte. Sie fuhr nach Hause, kuschelte sich in eine Decke und verbrachte den Abend auf dem Sofa.

Es kam kein weiterer Anruf, dafür aber eine weitere schlaflose Nacht. Vor Sorge konnte Thessa kaum etwas essen, ging ohne Frühstück ins Büro, ließ das Mittagessen ausfallen und ernährte sich nur von Zigaretten und Coca Cola. An diesem Tag erhielt sie keinen Anruf und auch am nächsten und übernächsten nicht. Thessa dachte ununterbrochen an Victor. Was er wohl gerade machte, wie es ihm ging? Dass er nicht anrief, enttäuschte sie maßlos. Machte er sich denn keine Gedanken, wie es ihr ging? Hatte er nicht Sehnsucht, ihre Stimme zu hören, mit ihr zu sprechen? Sie verstand die Welt nicht mehr. Wie konnte er denn auf einmal so egoistisch sein? Warum hatte er kein Verlangen nach ihr? Wie konnte er es ohne sie aushalten?

Das Wochenende kam. Am Samstagmorgen hielt Thessa es nicht mehr aus und bat Aly, bei Victor anzurufen. Sie selbst hatte viel zu viel Angst, womöglich Lydia ans Telefon zu bekommen. Irgendwie war es erniedrigend, aber sie konnte keine weitere schlaflose Nacht durchstehen. Diese ständigen Gedanken machten sie wahnsinnig, und egal was sie tat, sie konnte sich nicht ablenken – er war immer präsent.

Drei Stunden später war er bei ihr. Thessas Mutter war inzwischen vorbei gekommen und noch da. Victor kam die Treppe hinauf, und schon dort nahm Thessa ihn in die Arme. Er wirkte niedergeschlagen, sah sehr schlecht aus und hatte offensichtlich genau wie Thessa wenig geschlafen. Sie führte ihn ins Wohnzimmer. Victor begrüßte Thessas Mutter und setzte sich. Nach einer erwartungsvollen, gespannten Stille brach es aus ihm heraus: Dass er versucht habe, seiner Freundin alles zu erklären, dass es aber wesentlich schwieriger sei, als er gedacht hätte.

Niedergeschlagen sah er Thessas Mutter an und erklärte: „Ich liebe Ihre Tochter und will mich trennen, aber im Augenblick schaffe ich es nicht." Sie antwortete nur: „Wenn du das willst, dann wirst du es auch schaffen." Thessa sagte gar nichts und wäre am liebsten gestorben. Trotz des Mitleids mit ihm fühlte sie sich gut, denn immerhin hatte er seine Gefühle für sie nicht verloren. Er wollte sie, soviel stand fest. Er brauchte eben nur ein bisschen Zeit – und die würde Thessa ihm geben.

Nachdem Thessas Mutter sich verabschiedet hatte, saßen sie eng umschlungen auf der Couch. Thessa stellte keine Fragen, hielt ihn nur fest. „Ich brauche noch ein bisschen Zeit“, sagte er schließlich. „Ich werde Lydia verlassen, das verspreche ich dir, aber ich kann es nicht so übereilt tun.“ Thessa nahm all ihren Mut zusammen, schluckte den Kloß in ihrem Hals herunter, sah ihn an und sagte: „Ich liebe dich, mehr kann ich dir nicht sagen.“ Er lächelte traurig und erwiderte: „Und ich liebe dich und kann dir das sagen, weil es aus meinem tiefsten Inneren kommt.“

Alles ist möglich

Der Winter brach an, und Thessas Stimmung war genauso wie das Wetter: verregnet, kalt, matschig, trübe. Die Wochen vergingen. Da Lydia sich krank gemeldet hatte, konnten Victor und Thessa sich eine ganze Weile nicht sehen. Sie telefonierten jedoch fast täglich, und ihre Gespräche waren liebevoll und innig, aber beide versuchten das heikle Thema der Trennung von Lydia zu vermeiden. Bei all dem ging es Thessa richtig schlecht, sie weinte fast jeden Tag, und immer wieder musste sie sich Mut machen: „Irgendwann wird alles gut werden. Irgendwann kommt der Tag, an dem ich die Sonne wieder sehe." Alles war möglich. Wie so oft suchte Thessa Trost in Tagebucheintragungen und so schrieb sie eines Nachts:

An irgendeinem Tag
Zu irgendeiner Stunde
Sagtest du zu mir: Du musst schon oft verletzt worden sein.
Und es klang, als wolltest du sagen: Das passiert dir mit mir nicht.

Und ich glaubte an dich
Vertraute dir
Und sprach wie du das unvermeidliche Gefühl mit dem großen L aus.

In einem Tag
Kann eine Freundschaft zu Grunde gehen
Kann Vertrauen hinüber sein
Kann man Hoffung aufgeben
Kann man seinen Glauben verlieren
Kann ein Herz gebrochen sein.
Was glaubst du, wie es mir nach vierzehn Tagen geht?

Thessa wollte stark sein für ihre Liebe. Sie wollte Victor ihre Wut über die Macht, die Lydia hatte, nicht anmerken lassen. Sie wollte ihn mit ihrer Trauer über die Situation nicht belasten, ihm ihre Sehnsucht nicht zu deutlich zeigen. Sie wollte verständnisvoll sein, wollte die Bessere sein. Tatsächlich kostete sie diese Zeit enorm viel Kraft. Und wieder versuchte sie durch ihre Gedichte Ballast abzuwerfen:

Morgens wache ich mit Tränen in den Augen auf
Trotte zur Arbeit, ohne Frühstück
Lebe bis zur Mittagspause von Kaffee und Zigaretten
Um den Nachmittag mit Cola zu überleben
Das Abendessen lasse ich ausfallen, vor Erschöpfung falle ich ins Bett
Wie ein Tier verweigere ich die Nahrung
Aus Wut, Trauer und Sehnsucht

Thessa versuchte sich abzulenken, indem sie sich mit Freunden traf. Sie beschäftigte sich mit deren Problemen, hörte ihnen zu, beriet und tröstete. Es gab ja immer genügend Dinge, über die sich jeder Gedanken machte: Beruf, Familie, Liebesleben. Ihre Generation war geprägt von Befürchtungen und damit verbundener Unsicherheit: der Furcht, den Job zu verlieren, weil wieder mal eine wirtschaftliche Flaute Firmen dazu veranlasste, Kündigungen auszusprechen; der Furcht, keine adäquate Stelle in einem anderen Unternehmen zu finden; der Furcht, nicht genügend Geld zu haben, um sich weiterhin die schönen Wohnungen, tollen Autos und Fernreisen leisten zu können; der Furcht, niemals eine eigene Familie zu haben, weil man nicht den richtigen Partner fand; und der Furcht, sein Leben nicht richtig zu gestalten, weil keiner einem sagen konnte, was richtig war.

Es gab immer genügend zu diskutieren, abzuwägen, zu überlegen, und Thessa stürzte sich mit Begeisterung in die Rolle der Zuhörerin. Aber auch sie selbst nahm ihre Freunde in Anspruch, und die redeten ihr immer wieder gut zu und meinten, dass alles schon gut werden würde. Sie müsse Victor nur ein bisschen Zeit lassen.

Als ihre Freundin Caro eine Wohnung suchte, weil sie sich von ihrem Freund getrennt hatte, bot Thessa ihr spontan an, bei ihr einzuziehen. Sie sprach mit Victor darüber, der sie aber bat, es nicht zu tun, da er doch bald zu ihr zöge. Obwohl sie sich seit vier Wochen nicht gesehen hatten, schien er immer noch an seinem Plan festzuhalten. Thessa hätte niemals so lange für eine Entscheidung und deren Umsetzung gebraucht, aber Victor war nun mal anders, und Thessa war wieder voller Hoffnung. Nach wie vor gab er ihr zu verstehen, dass seine Liebe zu ihr immer noch so intensiv sei, und daran wollte sie glauben. Sie musste nur stark sein, dann würde sich am Ende alles gelohnt haben.

Weihnachten und Silvester gingen vorüber, und Thessa fühlte sich sehr einsam. Weihnachten ohne ihn zu verbringen, sah sie als wirkliche Bestrafung an. Als ob sie nicht schon genug gelitten hätte! Wie viel würde denn noch von ihr verlangt? Aber in keinem Moment fühlte sie sich so einsam wie am Silvesterabend, als sie allen anderen dabei zusah, wie sie sich um Mitternacht küssten. Thessa konnte lediglich in Gedanken einen Kuss an ihren geliebten Victor schicken. „Eigentlich“, dachte sie sich, „ist doch Silvester genau der richtige Zeitpunkt, um sein Leben neu zu gestalten. Warum tut er es nicht? Warum sehnt er sich nicht so sehr nach mir, dass er mich jetzt und hier in die Arme nimmt und bei mir bleibt?“ Wieder redete sie sich ein, dass schon alles gut werden würde. Sie musste nur Geduld haben.

Im Januar sahen sie sich endlich wieder. Thessa konnte kaum den Abend abwarten, so aufgeregt war sie. Sie bezog das Bett mit roter Satinbettwäsche und stellte das Schlafzimmer mit Kerzen voll. An der Wohnungstür empfing sie ihn mit einer langen Umarmung. Schon bei der Begrüßung spürte sie seine Distanz. Sie hielten sich eng umschlungen, aber doch war es, als ob sie kilometerweit auseinander wären. Liebe Worte blieben aus, und entgegen seiner sonstigen Gewohnheit brachte Victor auch kein Geschenk mit. Nur in ihren Küssen spürte Thessa noch eine tiefe Verbundenheit, in ihren Zärtlichkeiten die lang ersehnte Nähe.

Nachdem sie ein paar Stunden verschmust hatten, begannen sie endlich zu reden. Victor sagte: „Weißt du, nach all diesen Wochen empfinde ich irgendwie nicht mehr so tief für dich, wie es am Anfang der Fall war. Ich weiß auch nicht, aber irgendwie ist das mit uns nicht mehr so innig. Von meiner Seite." Dieser Satz brach Thessa fast das Herz. Aber sie wollte stark bleiben und ihm nicht zeigen, wie verletzt sie war. Sie erwiderte: „Das ist ja auch kein Wunder, denn schließlich haben wir ja auch kaum Zeit miteinander verbracht und du hattest offensichtlich genügend Diskussionen und Streitgespräche mit Lydia. Glaubst du nicht, dass du jetzt einfach müde bist und nicht mehr weiter weißt?" Er sagte nichts und nickte nur stumm. Thessa war fassungslos, aber sie wollte eine vernünftige Entscheidung treffen, trotz ihrer tiefen Gefühle für ihn. Da weder Victor noch Lydia in der Lage zu sein schienen dies zu tun, beschloss sie nun, eine Entscheidung für sie alle zu treffen.

Zweifellos hatte sie die schönsten Stunden des vergangenen Jahres ihm zu verdanken. Sie hatte eine Romantik erlebt, die sie bisher nur aus ihren Träumen gekannt hatte, eine Vertrautheit, die ihr eine wohlige Angst einflößte. Sie hatte das Gefühl, ihre große Liebe gefunden zu haben, den Mann, mit dem sie durch alle Höhen und Tiefen dieses Lebens gehen wollte. Einen Mann, der ihr das Gefühl gab, sie sei seine beste Freundin und zugleich die begehrenswerteste Frau, die er je kennen gelernt hatte.

Thessa hatte durch ihn ihren Glauben wieder gefunden, den Glauben an die wahre, die große Liebe. Seine bloße Anwesenheit gab ihr das Gefühl, geborgen zu sein. Nichts konnte ihr passieren, solange sie in seinen Armen lag. Sein Blick ließ sie alles andere vergessen und schenkte ihr ein solch intensives Gefühl, dass ihr die Worte fehlten. In einem Kuss schmolz sie dahin. Seine Hand an ihrer Brust zu fühlen, versetzte sie in die schönsten Träume. Den Hauch seines Atems auf ihrer Haut zu spüren, erregte sie schon genug, um in ihr das Verlangen auszulösen, ihn so nahe bei sich zu haben, wie es nur irgend ging.

Sie war verrückt nach seinem Körper, verrückt danach, seine Brusthaare zu durchfahren, seine Haut zu streicheln. Sie konnte nicht genug davon bekommen ihn zu küssen, seine Lippen auf den ihren zu spüren. Sie genoss es, seinen Worten zu lauschen, seinen Beschreibungen, Empfindungen, Erlebnissen, Träumen und Phantasien. Sie liebte sein Lachen – überlegen, männlich, amüsiert, ein bisschen überheblich und so melodisch.

Sie waren sich in so kurzer Zeit so vertraut geworden, dass es ihr manchmal richtig Angst machte. Ihre Welt bestand nur aus ihnen. Er wollte niemanden daran teilhaben lassen, und sie auch nicht. Sie hatte das erste Mal in ihrem Leben das Gefühl, beschützt zu sein, ohne ihren Beschützer ständig um sich zu haben. Es war, als passe jemand auf sie auf. Manchmal kam es ihr fast vor, als ob sie ihm gehöre, zu ihm gehöre, und sie beschlich die Befürchtung, dass er vielleicht zu viel Macht über sie erlangen könnte. Sie war auf dem besten Wege, sich in eine Abhängigkeit zu stürzen, sich ihm völlig auszuliefern. Alles für ihn zu tun. Sie hätte auf der Stelle ihr Leben mit ihm geteilt. Hätte er sie gefragt, sie hätte ihn sogar geheiratet. Sie wollte eine Zukunft mit ihm.

Doch dann hatte sich all das innerhalb kürzester Zeit in Luft aufgelöst. An die Stelle von bedingungsloser Liebe trat tiefe Verzweiflung, an die Stelle von Glauben Enttäuschung. Er hatte so viel Kraft bei ihr getankt, hatte ihr gesagt, dass er sie liebte, dass er noch nie solche Gefühle gehabt habe, er hatte ihr alles über sich erzählt. Dinge erzählt, die sonst kein Mensch von ihm wusste. Er hatte ihr gesagt, dass er nur bei ihr sein wolle, dass er sich seiner Sache völlig sicher sei und dass er noch nie so glücklich gewesen sei.

Dann der verzweifelte Versuch, sich von Lydia zu trennen, der Hilferuf per Telefon. Lydias Selbstmord-Drohungen, falls er sie verließe. Durchdiskutierte Nächte. Endlose Gespräche und diese völlige Erschöpfung. Und immer wieder das Bekenntnis, dass er noch Zeit brauche, aber am Ende zu Thessa kommen würde.

Es war die Hölle für alle Beteiligten, und bei der wenigen Zeit, die sie in dieser Phase miteinander verbracht hatten, war es kein Wunder, dass seine Gefühle für Thessa nachgelassen hatten. So jedenfalls dachte Thessa. Trotzdem wusste sie: Ihre Liebe hing nur noch an einem seidenen Faden. In ihren Küssen spürte sie noch immer die Leidenschaft, in ihrer Erotik fühlte sie noch die geheimnisvolle Verbindung, aber die Worte waren oberflächlich und seine Blicke spiegelten dies wider. Nur manchmal flammte kurz der Mann auf, in den sie sich so verliebt hatte.

Doch die Zeit würde alle Wunden heilen, auch ihre. Sie würden ihren Weg finden. Auch Thessas Gefühle hatten ein wenig an Intensität verloren, und nur er konnte sie ihr zurückbringen. Noch hatte sie die Hoffnung nicht aufgegeben. Aber auch Thessa war mit ihrer Kraft am Ende und wollte endlich wieder zu sich finden. Vielleicht würde er dann ja auch wieder zu ihr finden.

So schlug Thessa Victor vor, Lydia zu sagen, dass Thessa und er keinen Kontakt mehr hätten. Damit wollte sie auch Lydia von dieser schrecklichen Angst befreien. Seltsamerweise versetzte sich Thessa oft in Lydias Situation, und sie tat ihr sehr Leid. Thessa wusste viel mehr über Victor als Lydia, und das erschien ihr unfair. Lydia war die betrogene Frau schlechthin. Thessa war nicht der erste Seitensprung in Victors Leben, und er hatte Lydia sogar mit deren bester Freundin betrogen. Hätte Thessa ihn nicht so sehr geliebt und hätte eine ihrer Freundinnen ihr von einem solchen Mann erzählt, sie hätte ihn als den größten

Drecksack abgestempelt. Lydia war eindeutig diejenige, die am schlimmsten dran war. Sie wusste nichts von all den anderen Frauen, wusste nicht, dass ihr Freund ein Doppelleben führte. Und sie konnte nicht ahnen, dass er jedes Mal in sein Auto stieg, um zu Thessa zu fahren, wenn sie gerade mal wieder in ein Flugzeug stieg, um zu arbeiten.

Diese Gedanken schossen Thessa durch den Kopf, während sie in ihrem kerzenerleuchteten Schlafzimmer in Victors Armen lag. Plötzlich fühlte sie sich stark und sagte ihm, dass sie ihn für drei Monate nicht sehen wolle. „Du sollst Zeit haben, dir Gedanken zu machen, welche Frau dir wichtiger ist, Lydia oder ich. Und dann musst du entscheiden, mit wem du den Rest deines Lebens verbringen willst."

Victor stimmte erschöpft zu. Wahrscheinlich war das vorerst die beste Lösung. Sie trennten sich, und Thessa konnte die Tränen nicht mehr zurückhalten. Es tat weh, ihn gehen zu sehen und zu wissen, dass sie ihn für so lange Zeit nicht sehen würde. Victor nahm sie in die Arme. „Thessa, hör doch auf, diesen Endzeitblick aufzusetzen, wir legen doch lediglich eine Pause ein!" Thessa war sauer über diese Bemerkung. Er hatte ja gar keine Ahnung, wie schmerzlich das alles für sie war! Aber sie würde es schon hinbekommen. Sie würde stark sein für ihre Liebe, und am Ende würde sie belohnt werden. Das war alles, was sie wollte, und dafür wollte sie kämpfen.

Geliebte gegen Ehefrau

Als erste Amtshandlung vermietete sie nun doch ein Zimmer an ihre Freundin Caro, die schon bald darauf einzog. Es war schön, mit ihr zusammenzuleben, und obwohl es eigentlich nur eine vorübergehende Lösung sein sollte, sollte die Wohngemeinschaft schließlich über ein Jahr bestehen.

Thessa stürzte sich in Arbeit, fuhr mit ein paar Freunden in den Skiurlaub und versuchte, mit der Situation klarzukommen. Manchmal drehte sie vor Sehnsucht fast durch, und dann gab es wieder Tage, an denen sie sich über die ganze Geschichte sogar lustig machen konnte. Sie schrieb lange Listen, was sie an Victor gut und was sie schlecht fand. Am Ende standen 46 positive gegen 37 negative Punkte. Super, aber das half auch nicht weiter.

Sie lernte neue Leute kennen, hatte viel Spaß mit ihrer Mitbewohnerin und war ständig unterwegs, und dennoch ging er ihr nicht aus dem Sinn. Das alles wäre viel einfacher zu verkraften gewesen, wenn ihr zwei Faktoren gleichgültig gewesen wären, die schon so manch einen die Sachlage falsch hatten einschätzen lassen: Frau Stolz und Herr Ego!

Nicht selten ärgerte sich Thessa, dass Victor keinerlei Anstalten machte, Kontakt zu ihr aufzunehmen. Natürlich hatte sie erwartet, dass er es keine Woche ohne sie aushalten würde. Sie war der festen Überzeugung gewesen, dass der Fleurop-Mann sie bald beim Vornamen kennen, die Telekom ihr eine Standleitung anbieten und der Briefträger nur noch lächelnd den Kopf schütteln würde, wenn er wieder mal einen Sack Post vorbeibrachte. Aber ihr Ego erlitt schweren Schaden, und ihr Stolz wurde gebrochen: Nichts von alledem passierte. Kein Brief, keine Blumen, kein Anruf! Oft wachte sie mitten in der Nacht vor innerer Unruhe auf, griff zu ihrem Tagebuch und schrieb.

Liebe Liebe
Liebe lässt sich nicht erzwingen
Liebe lässt sich nicht erkaufen
Liebe lässt sich nicht ersticken
Und du kannst sie auch nicht wegsaufen
Sie ist einfach da
Und doch ist es wunderbar
Sie ab und zu bestätigt zu sehen
Dann würde es mir viel besser gehen

Nicht selten fuhr Thessa nervös nach Hause in der Hoffnung, eine Nachricht auf dem Anrufbeantworter vorzufinden. Manchmal traute sie sich überhaupt nicht aus dem Haus, aus Furcht, seinen Anruf zu verpassen. Aber all diese kleinen Opfer waren umsonst. Er rief nicht an.

Nach fünf Wochen war es stattdessen Thessa, die zum ersten Mal Victor anrief, um zu fragen, wie es ihm ging. Nach den ersten Minuten gespielter Heiterkeit gestand er ihr, dass er sie sehr vermisse, aber immer noch nicht in der Lage sei eine Entscheidung zu fällen. „Ich brauche erst mal Ruhe", meinte er. Ruhe? Und das nach fünf Wochen? Fünf Wochen! Das waren 35 Tage, 840 Stunden, 50.400 Minuten ohne ihn, also doch eigentlich 50.400 Momente, in denen er sich hätte Gedanken machen müssen – und er brauchte Ruhe!

Das konnte Thessa nicht verstehen. Aber sie konnte ja auch nicht von sich ausgehen – er war schließlich ein anderer Charakter. Er war eben nicht so spontan, entschlussfreudig und voller Tatendrang – und war es nicht auch diese innere Ruhe, die sie so an ihm schätzte? Sie musste nur geduldig sein und Verständnis haben, schließlich war es ja eine harte Zeit für ihn.

Also vergingen weitere fünf Wochen, und wieder war es Thessa, die anrief. Sie war inzwischen stinksauer, dass er nie auf die Idee kam, sich einmal bei ihr zu melden, und wusste nicht, ob sie ihm glauben sollte, als er abnahm und sagte: „Gerade wollte ich dich anrufen. Aber dann habe ich festgestellt, dass ich deine Nummer im Büro habe."

Sie führten ein ähnliches Telefonat wie beim ersten Mal, und er schloss es mit den Worten: „Vielleicht sollten wir uns erst besser kennen lernen, bevor wir uns in eine Beziehung stürzen, die wir beide nach kurzer Zeit bereuen."

Das hörte sich zunächst einmal gar nicht schlecht an. Erst viel später wurde Thessa klar, dass er damit einfach Zeit für sich geschunden hatte. Der Grund für die dreimonatige Trennung war ja gewesen, dass er eine Entscheidung fällen sollte. Und das hatte er nicht getan.

So trafen sie sich wieder, und nichts hatte sich verändert: Sie fielen sich in die Arme, hielten sich lange, lange fest, genossen die Nähe des anderen. Sie wollten sich überhaupt nicht mehr loslassen, küssten sich, redeten kaum. Für ein paar Stunden fand Thessa in seinen Armen ihre innere Ruhe wieder. Anders als bei ihrem letzten Treffen im Januar fühlte sie nun wieder die besondere Verbundenheit zwischen ihnen. Sie genossen diese unendliche Vertrautheit, die sie sonst nie mit einem anderen Menschen fühlten. Als sie miteinander schliefen, war es, als ob sie nie in ihrem Leben etwas anderes getan hätten. Sie verschmolzen im Sog der Gefühle, waren Stunden in diesem Trancezustand gefangen und brauchten lange, um wieder zu Bewusstsein zu gelangen.

Schließlich sagte er: „Ach mein Schatz, du weißt einfach, was gut für mich ist!" Dann erzählte er ihr, was für eine schreckliche Zeit er ohne sie verbracht habe, und dass er sie unendlich vermisst habe. Wieder stellte Thessa sich selbst zurück und hielt ihm nicht einmal vor, wie schlecht es *ihr* in dieser Zeit gegangen war, wie sehr *sie* gelitten hatte und wie schrecklich einsam *sie* sich gefühlt hatte. Allein gelassen, haltlos, unsicher, am Rande der Verzweiflung. Sie hörte ihm nur zu und spendete Trost.

Als Victor Thessa in den frühen Morgenstunden verließ, war sie unendlich glücklich. Zum ersten Mal, seit sie ihn kannte, war sie aber auch froh, wieder für sich zu sein. Sie wollte das alles erst einmal verarbeiten und genoss es, alleine über alles nachzudenken und ihre neuen Gefühle zu sortieren.

Während ihrer dreimonatigen Trennung hatte Thessa Vince kennen gelernt. Die Firma, für die sie arbeitete, hatte ihr und ihrer Kollegin Beate betriebsbedingt gekündigt. Nun brauchten sie dringend einen Anwalt, der sie vor Gericht vertrat, da sie eine Abfindung erkämpfen wollten. Beate empfahl Vince, und sie fuhren gemeinsam eines Nachmittags in seine Kanzlei, um das weitere Vorgehen zu besprechen. Schon auf dem Weg dorthin hatte Thessa das Gefühl, dass Vince einen besonderen Platz in ihrem Leben einnehmen würde. Sie konnte es sich nicht erklären und schob es einfach auf den siebten Sinn, der Frauen manchmal eigen ist.

Im Wartezimmer entdeckte Thessa einen „Stern" mit dem Titel: „Ehefrau gegen Geliebte – wer ist die Gewinnerin?" Begierig fing sie an zu lesen. Sie war gerade mittendrin, als Vince aus seinem Büro kam und die beiden Frauen hereinbat. Thessa nahm die Zeitschrift einfach mit und las weiter. Vince fragte neugierig, was denn so interessant sei, und sie antwortete: „Die Titelgeschichte." Er warf einen Blick auf das Cover, das sie ihm hinhielt, und lächelte. „Sehr interessant, aber die Antwort liegt ja auf der Hand." – „Ach ja, und wie lautet sie?", fragte Thessa erstaunt. Vince antwortete: „Die Geliebte natürlich, die Geliebte ist immer die Gewinnerin."

Beate, etwas genervt darüber, dass sich die beiden gerade in ein Gespräch zu vertiefen begannen, platzte dazwischen: „Ja, aber deshalb sind wir nicht hier." Thessa lachte, Vince lächelte. Dann meinte Thessa: „Du kannst ihm ja die Situation erklären, in der Zwischenzeit lese ich den Artikel zu Ende." Daraufhin bot Vince an: „Sie können den „Stern" ja mitnehmen und mir zurückschicken, wenn Sie ihn fertig gelesen haben. Oder Sie schicken mir den Artikel per Fax, weil ich ihn auch noch gerne lesen möchte." Thessa nahm das Angebot dankend an und konzentrierte sich auf den eigentlichen Grund ihres Besuchs.

Sie fand Vince sehr interessant. Am nächsten Tag ergriff sie sofort die Gelegenheit und schickte ihm den Artikel per Fax. In dem Fax bedankte sie sich noch einmal und ließ ihn wissen, dass sie das Thema gerne weiter mit ihm diskutiert hätte. Als Antwort erhielt sie ein paar Tage später Post von ihm. Auch er wollte die Unterhaltung gerne fortsetzen. So trafen sie sich, gingen zusammen essen und danach in eine Frankfurter Bar. Auf diese erste Verabredung folgten viele weitere.

Vince war ein bisschen älter als sie, und Thessa hatte sich von Anfang an in seinen scharfen Verstand verliebt. Noch nie hatte sie einen Mann kennen gelernt, der über so einen kultivierten und geistreichen Wortschatz verfügte. Da konnte Victor nicht mithalten. Vince war witzig, spontan, intelligent und vor allem schlagfertig. Das schätzte sie sehr. Sie führten tolle Gespräche, die Thessa sehr gut taten, und es machte ihr großen Spaß, mit Vince alle möglichen Themen zu diskutieren.

Natürlich sprachen sie auch über das Thema Ehefrau und Geliebte, und Vince machte ihr in nächtelangen Diskussionen seine Auffassung klar, dass am Ende immer die Geliebte die Gewinnerin sei. Im Endeffekt würden zwar die meisten Ehemänner ihre Frauen nicht verlassen, doch was für ein Leben war das schon, wenn im Unterbewusstsein immer die Geliebte zwischen einem Ehepaar stand? Die Geliebte hingegen konnte ihr Leben neu gestalten, konnte völlig neu anfangen und alles Geschehene hinter sich lassen.

Thessa war begeistert von seinen Ausführungen. Natürlich waren sie sich in dieser Zeit auch körperlich näher gekommen, aber sie bezweifelte, dass daraus eine feste Beziehung entstehen könnte. Dafür hing sie noch zu sehr an Victor. Außerdem war Vince keineswegs monogam, und Thessa fand sich immer wieder in Situationen, in denen sie erkannte, dass sie für ihn nur eine von mehreren Liebhaberinnen war. Trotzdem genoss sie die Abende mit ihm und wollte ihn auch nicht so ohne weiteres aufgeben.

So traf sie sich abwechselnd mit Victor und mit Vince, und da keiner von beiden sie zeitlich zu sehr beanspruchte, war dies auch kein Problem. An dem einen liebte sie die geistige Herausforderung, die lehrreichen Gespräche und den genialen Humor. Beim anderen empfand sie sinnliche Leidenschaft. Beide Männer zusammen hätten zu 99 Prozent ihren Traummann ergeben. Auf diese Weise vergingen ein paar Wochen, doch irgendwann erkannte Thessa, dass ihr Herz eben doch Victor gehörte. So beschloss sie, mit Vince lieber eine reine Freundschaft zu führen. Nach anfänglichen Schwierigkeiten gelang ihr das, und er wurde ihr bester Freund.

Es ist wie die Sonne, die heutzutage unberechenbar ist.
Du weißt, wenn du dich lange von ihr verwöhnen lässt
Könntest du eventuell schön braun werden.
Es besteht aber auch die Gefahr, sich einen Sonnenbrand zu holen.
Also flüchtest du immer wieder unter den schützenden Baum, der fest im Leben steht und dir wohltuenden Schatten spendet.
Manchmal ist es im Schatten aber zu kühl, und du kannst nicht darauf verzichten, dich wieder hinaus zu stehlen, um für Augenblicke die heißen Strahlen auf deinem Körper zu spüren.
In meinem Leben wächst ein solcher Baum gerade heran.
Aber ich liebe die Hitze und tanze noch so lange im Sonnenschein, bis es mir zu heiß wird oder es anfängt zu regnen und ich Schutz vor der Nässe suche.

Victor erzählte sie nichts von diesem neuen Mann in ihrem Leben. Irgendwie, fand Thessa, ging ihn das nichts an, solange er nicht offizieller Teil ihres Lebens war. Außerdem betrog er Thessa ja auch ständig mit Lydia. Er tat es zwar immer als „Hausfrauensex“ ab und versicherte Thessa, dass der Sex mit Lydia längst nicht so schön sei wie mit ihr. Aber zum einen glaubte Thessa ihm nicht, und zum anderen fand sie es unverständlich, dass er überhaupt noch Lust auf Lydia hatte. Die sexuelle Liaison mit Vince hatte für Thessa nichts mit ihren Gefühlen für Victor zu tun, sondern eher damit, dass sie einen Weg suchte, sich von ihm zu lösen. Aber es gelang ihr nicht. Sie hing doch zu sehr an ihm.

Thessa und Victor trafen sich, wann immer es ging. Sie bastelten sich wieder ihre kleine Welt und gingen nahtlos in ihre Träume und Phantasien zurück, die sie so lange vernachlässigt hatten. Sie hatten viel Zeit, sich kennen zu lernen und erforschten sich weiter besonders intensiv auf sexueller Ebene. Irgendwann einmal erklärte Thessa ihrer Freundin: „Victor kennt fünfzig verschiedene Arten, mich zum Orgasmus zu bringen." Und das war die Wahrheit.

Wenn sie sich nicht trafen, telefonierten sie – manchmal ganze Nächte lang, um den anderen zu hören, auch wenn sie sich gegenseitig nur beim Atmen zuhörten.

Thessa plante, an einem Wochenende mal nach Hamburg zu fahren, um einen Freund zu besuchen. Victor war darüber ein bisschen sauer, da er ausgerechnet dieses Wochenende mit ihr hätte verbringen können. Aber Thessa wollte einmal für sich sein und ihm zeigen, dass es nicht immer nach seiner Nase ging. Also fuhr sie. Dennoch telefonierten sie am Abend lange. Nach anfänglichem alltäglichem Geplänkel begann er mit sanfter, erotischer Stimme zu erzählen, was er jetzt alles mit ihr tun würde, wäre sie zu Hause geblieben. Thessa war es zuerst unangenehm, aber dann genoss sie diese schöne Geschichte, und als sie den Hörer auflegte, war sie enorm aufgewühlt. Wieder eine neue Erfahrung ...

Wann immer es sein Dienstplan zuließ, besuchte Victor Thessa in ihrer Mittagspause, er holte sie vom Büro ab, oder Thessa fuhr an den Flughafen, um ihn dort in den Pausen oder vor Beginn einer Nachtschicht zu treffen. Manchmal verabredeten sie sich auch mitten in der Nacht, wenn er Pause hatte. Dann schlenderten sie gemeinsam über den Flughafen, und Victor erklärte Thessa die verschiedenen Flugzeugtypen. Einmal schmuggelte er sie durch die Sicherheitskontrolle und fuhr sie im Auto über das Vorfeld. Thessa fühlte sich wie ein kleines Kind, so sehr begeisterten sie die Flugzeuge, die direkt vor ihren Augen starteten und landeten. Er erklärte ihr in aller Ruhe die Abläufe, und sie hörte wie gebannt zu. Sie war fasziniert davon, dass er jeden Flugzeugtyp kannte und schon von weitem erkennen konnte, welche Maschine von welcher Fluglinie gerade landete.

Wenn die Lust sie wieder einmal überkam, gingen sie auf Entdeckungsreise nach Orten am Flughafen, die nicht von einer Kamera überwacht wurden. Sie suchten sich eine versteckte Ecke und hatten Sex. Es war aufregend und prickelnd und hätte sie wahrscheinlich beide ihren Job gekostet, wenn man sie ertappt hätte, denn Thessa arbeitete inzwischen in der Marketing-Abteilung einer Fluglinie. Aber es war ihnen egal. Sie wollten das Besondere, das Außergewöhnliche und wollten es zusammen.

Wann immer es die Zeit zuließ, trafen sie sich bei Thessa. Die 120 Schmuse-CD's, die Thessa in ihrer Sammlung hatte, hörten sie rauf und runter. Aber zu ihren Spitzenreitern gehörten eindeutig eine uralte Scheibe von Barclay James Harvest, Gary Moore, eine der „Kuschelrock"-CD's und die Commodores.

Oft tanzten sie in Thessas Wohnzimmer stundenlang Blues. An einem besonders schönen Abend kniete sich Victor vor sie hin und sang für sie „Three times a lady" von den Commodores. Tränen liefen ihr über die Wangen, während sie seinem nicht ganz professionellen Gesang lauschte. Als er fertig war, bat sie ihn: „Du musst mir versprechen, dass du das nie in deinem ganzen Leben für eine andere Frau singen wirst!" Er nickte und küsste sie. Es waren ganz besondere Momente, die Thessa niemals vergessen wollte.

Aber es gab auch unschöne Momente – eigentlich zu viele.

An einem Wochenende ging Thessa mit ihren Freunden auf ein Stadtfest. Den ganzen Tag über plagte sie eine merkwürdige Unruhe. Irgendwie wusste sie, dass sie auf dem Fest Victor über den Weg laufen würde. Peinlichst achtete sie deshalb während des Spaziergangs durch Oberursel darauf, wer um sie herum war, und konnte das Fest überhaupt nicht genießen. Sie fühlte sich pausenlos beobachtet. Nun war sie schon seit einer Stunde dort, und ihre Freunde fingen bereits an sie zu fragen, was denn eigentlich los sei, sie sei so angespannt, aber Thessa schüttelte nur den Kopf.

Und plötzlich sah sie ihn. Victor! Arm in Arm mit Lydia, die sie von einem Foto her kannte, kam er direkt auf sie zu. Thessa versteckte sich sofort hinter ihren Freundinnen Aly und Beatrice und sagte nur: „Ich hab´s gewusst – da ist er." Aly und Beatrice wussten sofort, wer gemeint war und stellten sich vor sie, um ihr Schutz zu bieten. Auf keinen Fall wollte Thessa, dass er sie entdeckte. Aber sie konnte ihn sehen. Ganz entspannt und liebevoll lief er mit Lydia die Straße entlang. Er erzählte ihr irgendetwas, worüber sie lachte. Es war eine sehr zärtliche Szene und hatte gar nichts von einem gelangweilten Pärchen. Für Thessa war der Abend gelaufen. Sie wollte nur noch nach Hause.

Am nächsten Tag, als Victor sie anrief, erzählte sie ihm davon und fing an zu weinen. Er versuchte sie zu trösten und beteuerte, wie leid es ihm tue, dass sie das erleben musste. Er sagte: „Komisch, ich habe auch das Gefühl gehabt, dass du ganz in der Nähe bist, und nur bei dem Gedanken an dich war ich so gut gelaunt gewesen. Ansonsten fand ich den ganzen Tag ziemlich langweilig."

Thessa glaubte ihm nicht, war aufgewühlt und verwirrt, aber irgendwann beruhigte sie sich, und sie gingen wieder zum Alltag über.

Inzwischen hatten sie sich daran gewöhnt, alltägliche Dinge am Telefon abzuwickeln. Victor erzählte viel vom Leben am

Flughafen. Immer wieder gab es interessante Geschichten von Piloten, Passagieren und anderen Menschen, die sich auf dem Vorfeld so daneben benahmen, dass es häufiger zu Gefahrensituationen kam.

Ließ es der eher verregnete Sommer mal zu und bot den beiden eine lauwarme Nacht, legten sie sich zusammen auf eine Liege auf Thessas Balkon, und Victor erklärte ihr den Sternenhimmel. Er zeigte ihr den Unterschied zwischen einem weit entfernten Flugzeug und einem Satelliten. Er erklärte ihr die verschiedenen Sternbilder und erwähnte Namen, die Thessa nie zuvor gehört hatte. Sie beschlossen, den Großen Wagen zu ihrem gemeinsamen Sternbild zu machen; bei jeder Gelegenheit, wenn einer von beiden dieses Sternbild sah, sollte er ganz fest an den anderen denken.

Hatten sie einmal einen Tag am Wochenende für sich, fuhren sie ins Grüne, picknickten irgendwo, hatten Sex mitten im Wald, schmusten in der Sonne und genossen sich und die Natur. Einmal verbrachten sie ein ganzes Wochenende in Würzburg. Da beschlich Thessa zum ersten Mal das Gefühl, dass sie vielleicht doch nicht so gut miteinander klar kämen, wenn sie tagtäglich zusammen wären, denn so richtig genießen konnte sie die Zeit mit ihm nicht. Sie konnte es sich selbst nicht erklären, aber irgendwie fühlte sie sich am wohlsten, wenn sie nur eine begrenzte Zeit, ein paar Stunden, für sich hatten. Thessa war sich nicht sicher, ob sie sich das vielleicht nur einredete, weil sie wusste, dass in absehbarer Zeit keine Änderung der Verhältnisse eintreten würde.

Manchmal war sie sehr durcheinander und sich über ihre eigenen Gefühle nicht mehr im Klaren. Sie hatte Befürchtungen, dass sie sich an die jetzige Situation gewöhnen würde und vielleicht gar nicht mehr in der Lage wäre, einen normalen Alltag mit ihm ebenso zu genießen. Aber das waren nur kurze Gedankenblitze, die für einen kleinen Moment durch ihr Hirn schossen, die sie aber nie auffing und analysierte.

Heirat nicht ausgeschlossen

So vergingen die Monate, und der Herbst rückte näher. Thessa feierte ihren 30. Geburtstag. Kurz vor ihrem 29. hatte sie Victor kennen gelernt. Nun waren sie schon über ein Jahr zusammen und doch nicht vereint.

Thessa organisierte eine große Party. Sechzig Leute waren eingeladen. Sie hatte eine Bar gemietet, und ihre Freunde hatten als Geschenk ein Programm auf die Beine gestellt. Es war ein rundum gelungener Abend, und erst in den frühen Morgenstunden, als die meisten schon nach Hause gegangen waren und einige noch betrunken an der Theke herumlungerten, fühlte Thessa sich auf einmal schrecklich einsam. Immer wieder ertappte sie sich dabei, dass der Abend doch nur halb so schön gewesen war, weil Victor nicht bei ihr war. Wie gerne hätte sie diesen Geburtstag auch mit ihm gefeiert!

Ihr Liebesleben verlief genau nach Plan, genauer gesagt: nach dem Flugplan einer Stewardess, die nicht ahnte, dass ihr Dienst auch gleichzeitig bedeutete, dass ihr Freund sie mit einer anderen betrog. Meistens sahen Thessa und Victor sich drei Tage am Stück, dann wieder zwei Tage nicht, dann einen Tag, dann drei Tage nicht, dann vier Tage am Stück – je nachdem. Auch in diese Beziehung zog allmählich eine gewisse Regelmäßigkeit ein. Allerdings erlebten sie den richtigen Alltag nicht zusammen. Thessa und Victor kannten sich eigentlich immer gut gelaunt. Die kleinen Probleme des Berufslebens tauschten sie per Telefon aus, die gemeinsame Zeit verbrachten sie ohne Fernseher, Video oder Kino, sondern nur in wirklicher, trauter Zweisamkeit.

Im November erhielt Thessa überraschenderweise einen Brief von Victor. Er war in roter Farbe geschrieben und ohne Anrede.

Ich liebe dich.
Wenn ich an das vergangene Jahr zurückdenke, durchlaufen mich Schauer. Solche Gefühle habe ich in meinem ganzen

Leben noch nicht durchgemacht. Der Anfang war leicht, doch ich hatte damals schon eine innere Angst vor dem, was auf mich zukommen würde, weil es anders war. Alles wurde auf den Kopf gestellt. Ich war immer der Meinung, alles kontrollieren zu können, mich und andere! Bei dir war es anders. Deine Offenheit, deine Zärtlichkeit, deine Liebe (die du nie oder fast nie aussprechen konntest), all das hat mich überwältigt. Ich war erschrocken und ängstlich über die Gefühle, die ich entwickelte. Nie zuvor habe ich so intensiv empfunden. Es tat richtig weh. Ich war so überwältigt, richtig im Rausch, dass ich beinahe die Besinnung verlor.

Das Schlimmste für mich war und ist das Bewusstsein, dass ich es nicht schaffe, hinter all diesen Gefühlen zu stehen. Es macht mich fast wahnsinnig. Besonders schlimm ist es, wenn ich alleine bin und viel nachdenken kann. Dann könnte ich einfach losheulen. Ich weiß, es liegt alles an mir. Ich habe alles in der Hand, könnte alles entscheiden ...! Aber ich kann nicht.

Ich kann es nur sehr schwer erklären, und es fällt mir nicht leicht, darüber zu schreiben. Vielleicht ist es auch nur Feigheit vor mir selbst, ich weiß es nicht.

All die Dinge, die sich in meinem Leben zugetragen haben wie kleine Bausteine, haben sich zu einem festen Gefüge zusammengesetzt, so dass ich es einfach nicht schaffe, es einzureißen. Ab und zu gelingt es mir, ein paar Brocken rauszuschlagen, aber die Mauer ist sehr groß und dick. Vielleicht braucht es einfach nur Zeit. Ich kann aber nicht sagen, wie lange es dauert und ob ich es schaffe. Mir wäre es am liebsten, wenn ich die Entscheidung abgenommen bekäme. Mir ist klar, dass dies wahrscheinlich nicht möglich sein wird. Mit der Brechstange kann ich es aber auch nicht versuchen. Ich muss zugeben, dass es noch gewisse Gefühle gibt in meiner alten Beziehung. Ich bin zwar ein Ego und Macho, aber ich habe Respekt und eine gewisse Verantwortung für das alles. Man kann 15 Jahre nicht einfach so vergessen und abhaken.

Schluss jetzt mit dem Gejammer.
Zurück zu uns beiden.
Wenn ich in deine Augen schaue, kann ich viel in ihnen lesen. Auch wenn du oft versuchst es zu verbergen. „Früher" habe ich versucht, immer jede Regung oder Veränderung aus dir rauszuquetschen, dabei habe ich gemerkt, wie schwer es dir fiel, darüber zu sprechen und wie erregt oder aufgeregt du warst, mir deine Gefühle zu zeigen und zu sagen. Mir ist klar, wie überheblich sich das anhört.
Jetzt versuche ich etwas vorsichtiger zu sein, sozusagen dir einen kleinen Freiraum zu lassen. Ich beobachte ein wenig mehr und spreche dich nicht mehr auf jede Kleinigkeit an. Ich versuche es zumindest. Meine Empfindungen für dich sind immer noch so intensiv wie zu Beginn, auch wenn es auf dich vielleicht nicht so wirkt. Am Anfang waren sie stürmisch, fast unkontrollierbar, und jetzt haben sie sich zu einem sehr schönen, angenehmen Gefühl eingependelt.
Ich habe Angst vor der Zukunft. Ich weiß nicht, wie sich das alles weiter entwickelt. So wie es jetzt ist, ist es sehr, sehr schön. Wir sehen uns zwar wenig, dafür ist die Sehnsucht bis zum nächsten Wiedersehen umso größer. Mir ist klar, dass sich das irgendwann ändern wird. Was ich meine ist, dass du vielleicht nicht mehr kannst, oder ich. Dass jemand anderes in dein Leben tritt, bei dem du ähnliche Gefühle entwickeln kannst, oder sogar mehr (wehe!!).
Jetzt hör ich aber auf, mein Schatz. Dafür, dass ich ja eigentlich keine Briefe schreibe, wundere ich mich selbst über mich. Bitte übersieh meine Schreibfehler und diese Handschrift. Vielleicht verwirrt dich der Brief, denn er ist gedanklich wild durcheinander geschrieben. Es sind Gedanken, die mir spontan durch den Kopf gegangen sind. Kann sein, dass es nicht der letzte Brief ist, dafür war es mein erster seit über ..., ach, ich glaub, ich hab noch nie einen geschrieben, noch nie meine Gedanken zu Papier gebracht, geschweige denn meine

Gefühle. Es ist für mich neu und irgendwie komisch, meine Gedanken aufzuschreiben, ohne dir dabei in die Augen zu schauen. Keiner, der Widerworte gibt und niemand, der mich unterbricht. Je länger ich schreibe, desto mehr Gedanken kommen mir.
Jetzt ist aber wirklich Schluss, mein Schatz.
Ich liebe dich.

Thessa las den Brief immer und immer wieder, bis sie ihn auswendig konnte. Aber irgendwie konnte und wollte sie ihn nicht verstehen. Er erschien ihr widersprüchlich, und doch fand sie ihn schön.

Der Winter zog ein. Der Dezember war Lydias freier Monat, und so plante Thessa ihren Urlaub in dieser Zeit, denn sie würde Victor sowieso nicht sehen. Sie flog für drei Wochen nach Asien. Da Victor Taucher war, machte Thessa ihren Tauchschein. Zum einen, weil sie selbst gerne tauchte, und zum anderen, weil sie Victor damit überraschen wollte.

Sie verlebte drei wunderschöne Wochen in Südostasien. Teilweise hatte sie beruflich zu tun, teilweise konnte sie dort auch private Zeit verbringen. So lernte sie schnell Länder und Leute kennen. Die Insel Bali hatte innerhalb kürzester Zeit ihr Herz erobert. Nicht aufgrund der unbeschreiblichen Flora und Fauna, der vielfältigen Kultur und des traumhaften Wetters, sondern vielmehr aufgrund der herzlichen Menschen. Bei Thessa drehte sich immer alles um Menschen. Sie mochte Menschen, umgab sich gerne mit ihnen, lernte sie gerne kennen. Am liebsten fremde Kulturen und Mentalitäten.

Auf Bali suchte sie einen Medizinmann auf, von dem man ihr sagte, dass er nicht nur heilende Kräfte besitze, sondern auch die Zukunft voraussage. Er erzählte ihr verschiedene Dinge über ihr Leben und fragte sie, ob sie einen Freund habe und auch ein Bild von ihm dabei habe. Thessa zückte ein Foto von Victor und hielt es dem weisen Mann hin. Er betrachtete erst lange das Bild und dann Thessa. Schließlich sagte er: „Dieser Mann ist nicht für dich. Dieser Mann hat eine andere Frau. Du musst dich von ihm trennen, er macht dich nur traurig. Hab Geduld – du wirst einen besseren finden." Thessa war schockiert über diese Aussage und gleichzeitig sehr enttäuscht. Da aber ein paar andere Dinge, die der Mann ihr gesagt hatte, auch nicht so recht stimmten, beschloss sie, dem Ganzen keinen Glauben zu schenken.

Abends rief sie Victor in Deutschland an. Sie erzählte ihm nichts von dem mysteriösen Erlebnis, sondern wollte nur seine Stimme hören. Victor klang deprimiert. „Was ist denn los?", fragte Thessa. „Ich vermisse dich so sehr. Außerdem habe ich einen heftigen Streit mit Lydia gehabt." Thessa erwiderte nur, dass er diesen Urlaub ja durchaus mit ihr hätte erleben können. Weiter sagte sie nichts. Es sollte auch nur versteckt vorwurfsvoll klingen. Böse Worte gab es zwischen ihnen schließlich nicht. Victor antwortete leise: „Du hast ja Recht." Sie verabschiedeten sich mit Liebesbeschwörungen, und er bat sie, ihn sofort anzurufen, wenn sie wieder in Frankfurt gelandet sei. Sie versprach es und legte auf.

Die Insel und ihre Atmosphäre schenkten Thessa eine lang ersehnte Ruhe. Es schien ihr Ewigkeiten her zu sein, dass sie sich so ausgeglichen gefühlt hatte. Sie vermisste Victor, keine Frage. Wie gerne hätte sie das alles mit ihm erlebt, diese Menschen, Gerüche, Augenblicke. Aber sie konnte es auch ohne ihn genießen, und der Urlaub schenkte ihr sehr viel Kraft.

Als sie wieder nach Hause flog, holte er sie direkt am Ausgang am Flughafen ab. Er hatte Dienst und war von daher sowieso dort. Thessa war krank und verschnupft, freute sich aber trotzdem sehr, ihn wieder zu sehen. Da Victor arbeiten musste, fuhr sie nach Hause und rief ihn vor dem Einschlafen noch einmal auf dem Mobiltelefon an, das er sich inzwischen extra für sie zugelegt hatte und von dem Lydia nichts wusste.

Thessa erzählte ihm lange und in den buntesten Farben von

ihrem Urlaub. Dann wurde es ruhiger. Victor berichtete, dass er viele Diskussionen mit Lydia gehabt habe. „Worüber denn?“, fragte ihn Thessa immer wieder, aber er wollte nicht so recht mit der Sprache raus. Endlich bekannte er: „Lydia macht immer mehr Druck, sie will mich heiraten. Seid Wochen nervt sie damit und nach endlosen Gesprächen habe ich zugestimmt.“ Thessa traute ihren Ohren nicht. Sie fragte ihn: „Warum willst du das tun? Was für einen Sinn hat das? Du liebst sie doch gar nicht. Und was ist mit uns?“ Sie war verzweifelt und saß den Tränen nahe am Hörer. Aber Victor entgegnete nur: „Ich will das ja auch gar nicht wirklich, aber ich tue ihr damit einen Gefallen und wenn es nicht gut geht, kann ich mich doch auch schnell wieder scheiden lassen.“ Thessa war fassungslos über seine Entscheidung und seine Einstellung zur Heirat. Sie war restlos aufgelöst und weinte die ganze Nacht. Im September des folgenden Jahres sollte es so weit sein.

Es begann eine anstrengende Zeit.

Thessa verbrachte Weihnachten in tiefer Traurigkeit. Ihre Familie war wie immer sehr lieb, und sie hatten ein paar schöne Feiertage, aber Thessa konnte ihr Unglücklichsein nicht ablegen. Sie konnte einfach nicht glauben, was da passierte.

Silvester fuhr sie mit Aly zu Freunden nach Hamburg. Mit drei Männern feierten die beiden Frauen den Übergang ins neue Jahr, und seit Tagen war Thessa mal wieder ausgeglichen und lachte herzhaft. Die halbe Nacht tranken und tanzten sie, und Thessa hatte so viel Spaß, dass sie der festen Überzeugung war, von Victor ganz leicht loszukommen. Aber da hatte sie sich getäuscht.

Es folgten Monate voller Diskussionen, in denen Thessa immer wieder versuchte, Victor von seinen Heiratsplänen abzubringen. „Es ist falsch, es ist nicht richtig, man heiratet nicht, um jemandem einen Gefallen zu tun, und schon gar nicht, wenn man denjenigen schon seit über einem Jahr mit einer anderen Frau betrügt!“ Thessa bettelte und flehte, sie weinte und wütete. Sie versuchte alles und fragte ihn immer wieder nach dem Warum. Aber er konnte es ihr nicht erklären. Victor war offensichtlich nicht glücklich über die Situation und erklärte Thessa wiederholt, dass er hoffe, dass noch etwas dazwischen käme. Thessa wusste nicht, wie sie ihm helfen sollte, und vor lauter Gefühlen setzte ihr Verstand nicht ein.

Trenn dich

Du sagst du liebst mich
Ganz innig, ganz leidenschaftlich
Aber dich trennen von ihr
Das kannst du nicht

Gewohnheit, Mitleid und Angst vor einem Wir
Na gut, dann bleibe halt bei ihr

Doch dann deine Zweifel
Denkst du nur heute so
Vielleicht denkst du ja morgen anders
Das macht mich wieder froh

Aber plötzlich erkenne ich
So glücklich machst du mich nicht
Denn welches Morgen meinst du eigentlich?

Sie liebte ihn doch! Er war der erste Mann in ihrem Leben, der ihr eine Romantik schenkte, die sie bis dahin nur aus ihren Träumen gekannt hatte. Sie erlebte mit ihm eine Vertrautheit, die sie nie zuvor mit einem Mann geteilt hatte. Sie fühlte sich in seinen Armen so geborgen, dass ihr nichts auf dieser Welt hätte zustoßen können. Sie versank in seinen Blicken. Sie hätte alles für ihn getan – hätte ihre Wohnung aufgegeben, wäre in eine andere Stadt gezogen. Sie wäre sogar mit ihm nach Australien gegangen und hätte Schafe gezüchtet! Sie wollte nur mit ihm zusammen sein und hatte eine Riesenangst, diesen Traum vom großen Glück aufgeben zu müssen.

Sie begriff Victors Entscheidung nicht, und seine immer wiederkehrenden Versprechen, alles wieder gut zu machen, konnte sie nicht deuten. Er beharrte darauf, dass sich doch an ihrer Situation nichts ändern würde, aber Thessa sah das ganz anders: Für sie wäre damit ihre Geschichte zu Ende gewesen, und sie schwor ihm, dass er sie nie wieder sehen würde, sobald er das „Ja“ vor dem Altar ausgesprochen hatte.

Es war grauenvoll und für Thessa ein nicht enden wollender Alptraum. Manchmal fragte sie sich, warum sie überhaupt noch an ihm hing. Was machte ihn so einzigartig, dass sie über all seine Fehler einfach hinwegsah? Es war so ungerecht und so egoistisch von ihm. Warum dachte er eigentlich nie an sie? Was musste sie denn noch tun, um ihn von ihrer Liebe zu überzeugen? Was war das entscheidende Wort, die entscheidende Gestik oder Situation, die ihn dazu veranlassen würde, diesen Schritt nicht zu gehen?

Sie war verzweifelt und hatte oft vor dem Einschlafen den Wunsch, am nächsten Morgen einfach nicht mehr aufzuwachen. Alle Arten eines wohl durchdachten Selbstmords spielte sie durch und hatte am Ende doch für jeden genügend Einwände: Sich vor einen Zug zu werfen war zu ekelhaft und blutig, einen Fön in die volle Badewanne zu werfen würde bedeuten, dass sie hinterher vielleicht völlig verkohlt war. Das fand sie auch nicht gerade ästhetisch. Sich erhängen? Sie wusste nicht, was für einen Knoten sie dafür machen musste und wollte auch nicht an einem Ast baumeln und womöglich von irgendwelchen Tieren angenagt werden. Vergasen war ganz gut, aber welches Auto hätte sie dafür nehmen sollen? Sich erschießen, aber woher eine Waffe und vor allem Munition bekommen? Pulsadern aufschneiden war wieder zu blutig. Würde sie sich von einem Hochhaus stürzen, wäre sie bei ihrem Glück danach wahrscheinlich an einen Rollstuhl gefesselt und müsste den Rest ihres Lebens damit verbringen sich vorzuhalten, dass sie selbst daran schuld sei. Außerdem wollte Victor sie dann ganz bestimmt nicht mehr. Blieben noch Schlaftabletten, aber wie viele Ärzte müsste sie aufsuchen, um genügend zusammen zu bekommen? Sie erstickte fast in ihrem Selbstmitleid, und es war so lächerlich wie tragisch zugleich.

In dieser harten Zeit wurde Thessa immer bewusster, wie viel ein Mensch doch ertragen konnte. Sie unterwarf sich völlig, lehnte sich nach vielen Diskussionen nur noch selten auf. Sie war sogar in der Lage, die Abende und Nächte mit Victor zu genießen, und manchmal fragte sie sich, ob sie vielleicht masochistisch veranlagt sei, was ihr bestimmt der eine oder andere Psychiater bestätigt hätte. Aber sie war so verliebt und der felsenfesten Überzeugung, ohne diese Liebe kein lebenswertes Leben mehr führen zu können.

Sie stellte Victor und sein Handeln immer wieder in Frage und versuchte es zu analysieren. Sie wollte ihn nach wie vor verstehen und für ihn da sein. Nicht ein Mal fragte sie nach sich selbst! Nicht ein Mal stellte sie die Frage nach dem Wert dieser Beziehung! Sie ertrank in Theorien, setzte sie aber nie in die Praxis um. Manchmal verglich sie ihn mit einer Droge. Sie musste sich eingestehen, dass sie tatsächlich abhängig war – eine grauenvolle Vorstellung für eine so selbstständige Frau.

Victor hatte immer öfter Streit mit Lydia. Es ging um Lappalien. Die Vorbereitungen für die Hochzeit standen an, und Victor beteiligte sich nicht sonderlich daran, sondern ließ seine Freundin alles alleine machen. Eines Tages fand Lydia durch puren Zufall heraus, dass Victor ein Handy besaß. Natürlich fragte sie ihn, warum sie nichts davon wisse und war aufgebracht, dass er Geheimnisse vor ihr hatte, aber nachdem Victor erklärte, dass er ihr nur deshalb nichts davon erzählt habe, weil sie doch Handys so verachte, war sie beruhigt.

Thessa konnte diese Reaktion nicht verstehen. Mit nur einem Satz war Lydia beruhigt und stellte keine weiteren Fragen? Das würde ihr nicht passieren! Thessa konnte sich einfach nicht in Lydias Psyche hineinversetzen. Sie funktionierte so ganz anders als sie. Victor schickte Thessa in dieser Zeit herzzerreißende Textnachrichten auf ihr Telefon, denn inzwischen hatte Thessa sich auch ein Handy zugelegt:

Ein Tag ohne dich ist ein bisschen wie sterben. Die Zeit mit dir ist wie im Paradies zu sein.

Ein anderes Mal schrieb er:

Oh mein Liebes, ich werde alles wieder gut machen. Verzage nicht voller Gram, die Zeit wird alles richten.

Ein weiteres Mal, kurz vor ihrem letzten Treffen, erhielt sie die Zeilen:

Die Zeit mit dir zu verbringen ist wie der Welt ein Stück zu entrinnen.
Oh du mein Stern, meine Sonne in der Nacht, Licht in der Finsternis, du erfreust mein Herz immer wieder aufs Neue.

Thessa musste manchmal wirklich lachen. Es war zwar gemein, aber eigentlich waren ihr diese Texte eine Spur zu kitschig. Trotzdem – Thessa hatte immer wieder das Gefühl, es seien auch kleine Hilferufe.

Im August begleitete Victor Thessa und ein paar Freunde in die Diskothek, in der sie sich kennen gelernt hatten. Der Abend war von Traurigkeit geprägt und Thessa wusste, es würde wohl ihr letzter gemeinsamer Diskobesuch sein. Irgendwann zog Victor sie in seine Arme und sagte: „Es ist schon komisch. Ich bin hier mit dir und hoffe nur darauf, dass mich irgendjemand sieht und damit alles auffliegt und diese Heirat nicht stattfindet." Thessa sagte gar nichts. Sie dachte auch nichts. Sie war nur endlos traurig.

Auch diese Situation analysierte sie und kam zu der festen Überzeugung, dass es ein weiterer Hilferuf sei. Dass er ihr eigentlich mitteilen wollte, dass sie etwas unternehmen müsse, um ihn da rauszuholen. Also schmiedete sie einen Plan.

Ein paar Wochen später beauftragte Thessa eine Freundin,

Lydia anzurufen und ihr zu sagen, dass Victor eine Freundin habe und sie sich die Heirat mit ihm gut überlegen solle. Thessa fühlte sich sehr schäbig bei dieser stillosen Aktion und rechtfertigte sie vor sich selbst damit, dass Victor schließlich auf Hilfe von außen hoffte und sie ihn damit ja nur unterstützen wollte.

Lydia reagierte auf den Anruf jedoch ziemlich gelassen, wie Thessas Freundin berichtete: „Das kann nicht sein, Victor ist doch immer so gut zu mir, wir unternehmen viel zusammen, und außerdem brauche ich dafür Beweise." Thessas Freundin entgegnete nur: „Und woher weißt du, was er macht, wenn du fliegst?" Darauf wusste Lydia keine Antwort, und sie beendeten das Gespräch.

Keine fünf Minuten später rief Victor völlig aufgebracht bei Thessa an. „Lydia hat mich eben angerufen!" Victor berichtete Thessa in allen Einzelheiten von dem Telefonat. „Damit habe ich nichts zu tun", entgegnete Thessa ganz ruhig. „Soll er mir erst mal das Gegenteil beweisen", dachte sie trotzig bei sich, und außerdem war er es doch, der ständig auf Hilfe von außen hoffte. Jetzt war es passiert, und er war immer noch nicht in der Lage, die Situation zu seinem Vorteil zu nutzen.

Lydia ließ sich von dem Anruf jedoch nicht beeinflussen, Victor ließ den Dingen ihren Lauf, und so heirateten sie Ende September. Die schlimme Zeit nahm kein Ende für Thessa. Sie vergoss so viele Tränen, dass ihre Pflanzen kein Wasser mehr gebraucht hätten.

Alles wird wieder gut

Um sich abzulenken, fuhr Thessa mit ihrer Freundin Aly nach Italien. Sie verbrachte eine wunderschöne Woche am Gardasee, ging viel spazieren, las und schrieb stundenlang Tagebuch. Sie sah die Dinge jetzt viel klarer und war sich sicher, dass Victor und sie doch nie eine gemeinsame glückliche Zukunft gehabt hätten. Sie kritisierte ihn in jeder Hinsicht und stellte fest, dass sie ihm eigentlich haushoch überlegen sei. Schließlich hatte sie schon als Kind durch die Scheidung ihrer Eltern wichtige Entscheidungen für sich fällen müssen, während Victor noch als erwachsener Mann dazu nicht in der Lage war.

Es ging ihr gut, und sie war sicher, das alles zu überleben. Die Tränen wurden allmählich weniger, und als sie wieder nach Hause kam, fühlte Thessa sich recht gefestigt. Voller Dankbarkeit dachte sie daran, wie ihre Freunde und die Familie ihr immer wieder Mut gemacht, ihre Tränen getrocknet hatten und zu jeder Zeit für sie da gewesen waren. Das war eben doch das Beste im Leben: Richtige Freunde.

Anfang Oktober, als Victor aus den Flitterwochen zurückgekehrt war, rief er sie an. Merkwürdigerweise war sie ihm überhaupt nicht mehr böse und lachte mit ihm am Telefon. Von da an telefonierten sie regelmäßig, aber immer wenn Victor darauf anspielte, dass sie sich doch wiedersehen sollten, lehnte Thessa ab

Ihre Vertrautheit blieb jedoch nicht aus. Schnell fanden die beiden heraus, wie man auch über das Telefon sehr intim miteinander werden konnte, und das half Thessa ein bisschen über ihren mangelnden Sexgenuss hinweg. Trotz großer Sehnsucht wollte sie ihn nicht wiedersehen. Zu groß war die Enttäuschung, zu groß die Wut, zu groß die Trauer und zu groß auch ihr Stolz, wie sie sich erst viel später eingestehen sollte.

Im Dezember verfiel Victor in eine heftige Depression. Seine Mutter war schwer krank, und er hatte panische Angst sie zu verlieren. Thessa versuchte ihn zu beruhigen und zu trösten, aber er war so in sich gekehrt, dass es sinnlos schien. Eines Tages rief er sie an und sagte, dass sie ihn ruhig bei sich zu Hause besuchen könne, das sei ihm jetzt egal, Hauptsache, er könne sie sehen. Thessa wollte schon immer seine Wohnung kennen lernen. Sie war neugierig, wie er lebte und eingerichtet war. Ihrer Meinung nach konnte man Menschen sowieso am besten beurteilen, wenn man ihr Zuhause sah. Aber so oft sie ihn auch fragte, er sagte immer, dass das keine gute Idee sei. Er hatte Angst, jemand könnte Thessa sehen. Umso erstaunter war sie, als sie sich sagen hörte: „Victor, dafür ist es jetzt zu spät." Dieses Mal war er es, der weinte.

Ein paar Wochen später starb seine Mutter. Wann immer Thessa mit ihm telefonierte, sprach er nur sehr leise, er war in tiefer Trauer und beteuerte immer wieder, dass er Thessa jetzt brauche. „Du bist doch der einzige Mensch, mit dem ich reden kann. Du bist doch der einzige Mensch, der mich wirklich versteht und mich kennt!" Thessa versuchte hart zu bleiben und erklärte ihm, dass er jetzt eine Frau habe, die sich um ihn kümmern müsse. „Du hast dich für diesen Weg entschieden, jetzt musst du ihn auch gehen, ich kann dir da nicht raushelfen."

Schließlich versprach Victor ihr, seine Ehe wieder aufzulösen, wenn sie sich nur wiedersehen könnten. Da kam Thessa ins Grübeln: Vielleicht musste es ja so weit kommen, damit er endlich erkannte, was sie beide verband, und vielleicht würde sie es bis an ihr Lebensende bereuen, wenn sie diese Chance an sich vorüberziehen ließ?

Sie trafen sich in einer Hotelbar am Flughafen. Thessa erschrak über sein schlechtes Aussehen. Innerhalb des letzten halben Jahres hatte er mindestens zehn neue Falten bekommen. Er war blass und sah erschöpft und sehr müde aus, aber er freute sich offensichtlich, sie zu sehen. Thessa war eher skeptisch. Er erzählte von seiner Hochzeit und vom Tod seiner Mutter und blickte sie dabei immer wieder hilfesuchend an.

Thessa fühlte sich innerlich sehr stark und war erstaunt darüber. Sie hatte fest damit gerechnet, nervös zu sein, wenn sie ihn wiedersehen würde. Sie befürchtete, weiche Knie zu bekommen, einen Kloß im Bauch zu spüren, und dass ihre Stimme zittern würde, wenn sie ihn begrüßte. Aber nichts von alledem trat ein.

Sie sah ihn an, hörte ihm zu, und er tat ihr einfach nur leid. Wie ein Häufchen Elend saß er da vor ihr, immer wieder bemüht, in ihre Nähe zu kommen, indem er sich zu ihr vorbeugte. Aber er wagte es nicht sie zu berühren. Thessa hegte schon fast mütterliche Gefühle für ihn und war erleichtert, als das Gespräch vorüber war und sie sich trennten. Beim Abschied überkam sie jedoch plötzlich wieder ein heftiger Gefühlsstrom, und sie umarmte ihn: „Wir werden das gemeinsam schaffen. Ich werde dir helfen und für dich da sein. Es wird alles wieder gut."

Neben den häufigen Telefonaten nahmen nun auch die Verabredungen zu, und innerhalb kürzester Zeit war der alte Status zwischen ihnen wieder hergestellt. Aber Thessa sah es mit einer gewissen Gelassenheit. Sie war glücklich, Victor wieder um sich zu haben und wartete mit Spannung auf den Tag, an dem er sich, wie versprochen, endlich von Lydia trennen würde.

In ihrem Job war Thessa völlig eingebunden. Sie war für die Werbung und die Veranstaltungen einer Fluggesellschaft zuständig, organisierte Messen und Events, verhandelte mit Journalisten über Werbemaßnahmen und organisierte deren Recherchereisen. Sie liebte ihren Beruf, und wären da nicht die immer wiederkehrenden Komplikationen mit ihrem direkten Vorgesetzten gewesen, hätte sie wahrscheinlich nie das Bedürfnis gehabt, weiterzukommen und sich beruflich zu verändern. Anders als die meisten Menschen liebte Thessa Neuerungen und Veränderungen. Immer wieder hatte sie Ideen, die sie in die Tat umsetzen wollte, und immer wieder stieß sie damit auf Granit bei ihrem Chef.

Oft gab er nach und ließ sie gewähren. Lief eine Sache schlecht, bekam Thessa das deutlich zu spüren, obwohl es sich dabei meist eher um unwichtige Dinge handelte. Aus einem kleinen Kommafehler in einem Brief oder einem Text konnte er ein großes Aufheben machen. Lief eine Sache dagegen gut, schmückte er sich selbst mit der Idee und kam nie auf den Gedanken, Thessa und das Verkaufsteam, mit dem sie arbeitete, zu loben.

Als Chef war er sehr anstrengend. Die ersten eineinhalb Jahre hatte Thessa ihn bewundert, weil er in ihren Augen ein perfekter Rhetoriker war und sich gut in der Öffentlichkeit präsentieren konnte. Aber im Lauf der Zeit stellte sie fest, dass seine zur Schau gestellte Perfektion voller Fehler war. Er war kein Teamarbeiter, sondern durch und durch Egoist und litt eindeutig unter einer Profilneurose. Fachlich brauchte Thessa ihn schon längst nicht mehr. Der Lack war ab, und da er auch zwischenmenschlich nichts zu bieten hatte, ging Thessa die Zusammenarbeit mit ihm sehr bald auf die Nerven. Wäre nicht das Team um sie herum gewesen, sie hätte wahrscheinlich schon viel früher das Handtuch geworfen. Nun war aber ein Punkt erreicht, an dem auch das Team sie nicht mehr halten konnte und sie überlegte, sich um eine neue Herausforderung zu bewerben, bei der sie mit ihrem jetzigen Chef nichts zu tun hatte.

Im April lud Thessa Victor in ein sehr romantisches Hotel in der Nähe von Frankfurt ein. Sie trafen sich in einem nahe gelegenen Restaurant, gingen danach zum ersten Mal zusammen ins Kino und verbrachten anschließend eine berauschende Champagnernacht. Die Tatsache, dass er sie am nächsten Morgen um elf Uhr verließ, kommentierte sie nicht, obwohl es sie insgeheim ärgerte. Eigentlich wollte sie den Sonntag noch mit ihm verbringen, er aber hatte ein Familientreffen. Und obwohl Lydia unterwegs war, nahm er daran teil.

Es ärgerte Thessa, dass Victor nur ganz selten eine ganze Nacht bei ihr verbrachte. Meist verließ er sie in den frühen

Morgenstunden, weil er im Haus seiner Schwiegereltern wohnte und offensichtlich Befürchtungen hatte, von diesen ertappt zu werden und unangenehme Fragen gestellt zu bekommen.

Sie verbrachten einen wunderschönen Sommer. Häufig gingen sie zusammen zum Baden, und Thessa stellte erstaunt fest, dass Victor nicht gerne schwamm. Wenn sie auch nur zehn Meter vom Ufer entfernt waren, bewegte er sich nicht weiter, sondern wollte lieber im Wasser mit ihr schmusen. Sie versuchte ihn zu animieren, doch weiter in den See hinauszuschwimmen, aber er entgegnete nur: „Ich bin kein Schwimmer, ich bin Taucher."- „So ein Spinner", dachte Thessa, lächelte aber nur verständnisvoll.

Ab und zu schaute er auch anderen Frauen nach, aber wenn er sich dabei von Thessa beobachtet fühlte, lachte er nur und meinte, dass ihm andere überhaupt nichts bedeuteten. Irgendwie konnte sie ihm das nie so recht glauben, obwohl er für eine dritte Frau wohl kaum die Zeit aufbringen konnte. Thessa wünschte sich, ihm blind vertrauen zu können. Blind war sie allerdings wirklich, zumindest, wenn es darum ging, sich selbst und diese Beziehung in Frage zu stellen. Geblendet von seinem guten Aussehen und seiner liebevollen Art, weigerte sie sich, die Fakten zu sehen. Natürlich kritisierte sie ihn vor ihren Freundinnen und beschönigte die Situation keineswegs, aber ihr Handeln entsprach nicht ihren Worten. Zu sehr ließ sie sich immer wieder von ihren Gefühlen leiten, und sobald er in ihrer Nähe war oder auch nur mit ihr telefonierte, setzte ihr Verstand aus. Ihre Worte passten nicht zu ihrem Tun, und auf eine absurde Art ähnelte sie Victor in dieser Beziehung mehr, als ihr lieb war.

Im Herbst begann Thessa, sich nach einer neuen Stelle umzusehen, aber Entscheidendes tat sich vorerst nicht. An ihrem 31. Geburtstag führte Victor sie in ihr gemeinsames Stammlokal, ein koreanisches Restaurant, in dem Thessa das Essen eigentlich gar nicht besonders schmeckte. Weil aber Victor die gebratene

Ente mit Erdnusssoße so liebte, ging Thessa immer brav mit, obwohl ihr allein schon bei dem Gedanken an tote, mit Erdnusssoße übergossene Vögel schlecht wurde.

Aber was tut man nicht alles aus Liebe! Die Überraschung, die er für sie an dem Abend bereithielt, ließ sie dann gut über die Ente hinwegsehen. Er holte sie mit dem Auto ab, und als sie einstieg, sah sie direkt in die roten Blüten von 31 Rosen. Welcher Frau wird bei einem solchen Anblick nicht warm ums Herz? Im Restaurant bestellten sie sich etwas zu trinken, und dann überreichte er ihr ein kleines Päckchen. „Big things come in small packages“, war Thessas erster Gedanke. Es war ein wunderschöner, goldener Ring mit drei eingefassten Diamanten an der Seite und einem größeren in der Mitte. Tränen stiegen ihr in die Augen. Dass sie aber auch immer so nah am Wasser bauen musste! Sie schaute Victor an und flüsterte nur: „Ein Ring!“ Er beobachtete sie lächelnd, während sie das Schmuckstück von einem auf den nächsten Finger steckte, bis er endlich auf dem Zeigefinger stecken blieb. Entschuldigend sagte Victor: „Ich kannte deine Größe nicht, und zum Eingravieren eines Spruches war auch keine Zeit.“ Thessa dachte nur zärtlich: „Na klar, du weißt ja auch erst seit gestern, wann ich Geburtstag habe.“

Sie küsste ihn und starrte immer wieder wie gebannt auf den Ring. „Er hat drei Steine an der Seite für die ersten drei Jahre.“ Es war Feststellung und Frage zugleich. Victor antwortete: „Und der in der Mitte ist für das vierte Jahr. – Dass ihr Frauen euch so über Schmuck freuen könnt! Ich habe noch nie einer Frau ein Schmuckstück geschenkt, aber ich merke gerade, dass die Wirkung enorm ist.“ Er schmunzelte. „Soll das heißen, dass du auch deiner Frau noch nie Schmuck geschenkt hast?“, fragte Thessa. „Ich habe ihr höchstens Geld dafür gegeben“, erwiderte er, „denn im Ausland bekommt sie das meiste viel günstiger.“ – „Wie romantisch“, dachte Thessa nur.

Sie genossen das Essen, oder vielmehr er genoss es, denn

Thessa bekam keinen Bissen herunter. Anschließend fuhren sie zu ihr und kuschelten sich aneinander, um den Rest des Tages in ihrer kleinen Welt zu verbringen. Das Telefon klingelte pausenlos, aber wer auch immer Thessa zum Geburtstag gratulieren wollte, war ihr nicht so wichtig wie der Mensch, mit dem sie in dem Augenbl1ick zusammen war.

Die Wochen vergingen wie im Flug. Wieder wurde es Winter, und zum dritten Mal feierte Thessa Weihnachten ohne Victor. Und an Silvester küsste sie um Mitternacht wieder mal ihre Freundin Aly an Stelle von Victor. Allmählich stieg in Thessa eine Ungeduld hoch, die sie bis dahin noch nie so stark empfunden hatte.

Am Silvesterabend blieb Thessa wie jedes Jahr ein paar Minuten ganz für sich alleine. Es war eine Tradition, die sie seit einigen Jahren immer zum Jahreswechsel praktizierte. Während die anderen schon feierten, verzog sie sich mit einem Glas Sekt auf einen Balkon, an ein Fenster oder ging einfach spazieren, um für sich zu sein und die Ereignisse des vergangenen Jahres Revue passieren zu lassen.

An diesem Silvesterabend stellte sie fest, dass sich im Vergleich zu den Vorjahren kaum etwas geändert hatte: Statt der zweiten Freundin eines Mannes, war sie seit nunmehr über einem Jahr seine Geliebte. Ansonsten war alles beim Alten. Sie gab, gab, gab und bekam nichts. Thessa wehrte sich immer gegen den Spruch: „Eine Beziehung besteht aus Geben und Nehmen.“ Für Thessa hätte es heißen müssen: „Geben und Bekommen.“ Der kleine Unterschied war, dass Thessa sich nichts nehmen wollte, sondern ihr Partner es ihr freiwillig geben sollte.

Thessa nahm sich fest vor, dass mit dem Anbruch des neuen Jahres vieles in ihrem Leben anders werden sollte: Sie wollte einen neuen Job finden. Ihr Traummann sollte endlich eine Entscheidung fällen und diese auch durchziehen. Sie wollte ihre Wohnung renovieren, sich den Wunsch nach einer neuen Stereoanlage erfüllen, nachdem die alte sie nun schon seit über zehn Jahren in guten wie in schlechten Zeiten begleitete. Sie wollte eine neue Frisur und ein neues Parfum – und was Frauen eben so alles wollen, wenn sie nach Veränderungen schreien.

Zweimal im Jahr trank Thessa Alkohol: an Karneval und an Silvester. Jedes Mal endete es damit, dass ihre Freunde sie von irgendwelchen Männerbrüsten wegholen mussten oder belustigt zusahen, wie sie sich köstlich amüsierte. An diesem Silvesterabend sollte einer ihrer Ex-Freunde das Opfer sein, aber so weit kam es nicht, denn jemand zog sie rechtzeitig von ihm fort und fuhr sie nach Hause.

Der Kater am nächsten Morgen blieb aus, dafür verbrachte Thessa den Tag damit, wie schon so häufig, auf Victors Anruf zu warten. Aber wie jedes Jahr kam dieser Anruf nicht. Victor schaffte es immer erst, ihr am 2. Januar ein schönes Neues Jahr zu wünschen. In diesem Jahr, versprach er ihr, sollte alles besser werden.

Zu Thessas großem Erstaunen hatte er nach zehn Jahren und langen Gesprächen mit ihr seine Stelle am Flughafen gekündigt, um in die Computerfirma seines Bruders einzusteigen. Das bedeutete unter anderem, dass er nun dieselben Arbeitszeiten wie Thessa haben würde und sie sich häufiger sehen konnten. Sein erster Auftrag sollte außerdem in der Nähe ihrer Firma sein, so dass sie sich auch in den Mittagspausen treffen konnten. Thessa schenkte Victor zum beruflichen Neuanfang einen Aktenkoffer.

Sie verbrachten wesentlich mehr Zeit zusammen als zuvor, und Thessa schnitt das Thema der Trennung von Lydia immer häufiger an. Langsam dämmerte es ihr, dass Victor diesen entscheidenden Schritt wohl nie unternehmen würde, und sie fragte sich immer wieder, was sie wohl noch tun könnte, um ihm die Kraft zu geben, endlich zu ihr stehen und mit ihr zusammenzuleben.

Neustart

Im Frühjahr nahm Thessas Firma, wie jedes Jahr, an einer großen Touristikmesse teil. Thessas Vertrag war nur eine Mutterschaftsvertretung und sollte eigentlich im April des Jahres auslaufen, aber die Firma hatte bereits am Ende des Vorjahrs angeboten, den Vertrag zu verlängern. Thessa hatte abgelehnt. Sie hatte sich innerhalb des Firmenimperiums um eine Stelle in Sydney beworben. Bisher hatte sie keine Antwort aus Australien erhalten und wollte Victor bis zur endgültigen Entscheidung auch nichts davon erzählen. Erst viel später wurde ihr bewusst, dass dieser Versetzungsantrag auch gleichzeitig ein Fluchtantrag war.

Während der Messe ergab es sich, dass man Thessa die Beförderung zum Marketing Manager und einen damit verbunden Umzug nach Asien anbot. Thessa schlug sofort ein. Ende Mai sollte sie beginnen. Vorerst war geplant, dass sie drei Monate in Asien arbeitete, anschließend würde sie zwischen Frankfurt, Asien und Australien pendeln. Thessa war überglücklich: Mit nur 31 Jahren bekam sie den lang ersehnten Titel und die große Chance, ins Ausland zu gehen. Sie traf alle nötigen Vorbereitungen und arbeitete hart an der Erstellung eines weltweiten Konzepts, das man ihr zur Aufgabe gemacht hatte.

Nun wurde es Zeit, Victor zu informieren. Thessa erwartete Vorwürfe und Diskussionen, aber stattdessen überraschte er sie. Er nahm sie in die Arme, hob sie auf den Küchentisch und stellte sich direkt vor sie. „Ich weiß, du erwartest jetzt, dass ich stinksauer und enttäuscht bin. Versteh mich nicht falsch, ich bin ganz bestimmt traurig darüber, dass wir uns jetzt so lange nicht sehen, aber es wird an meinen Gefühlen zu dir nichts ändern. Ich weiß, wie viel dir an deiner Karriere liegt, und ich bin sehr stolz auf dich, dass du es soweit gebracht hast. Es wäre egoistisch von mir, dir das jetzt kaputt zu machen."

Eigentlich hätte sie ihn in dem Moment auslachen müssen.

Egoistisch? War er das nicht die ganze Zeit gewesen, hatte er nicht während der ganzen Jahre aus purem Egoismus gehandelt? Woher kam denn auf einmal dieses Verständnis für sie? Es hatte ihn doch sonst nie interessiert, wie es ihr ging. Thessa wurde zum ersten Mal richtig misstrauisch, und sie überkam das Gefühl, dass es Victor nur zu gut passen würde, dass sie weg war.

„Das bedeutet aber auch, dass ich in der Zeit keinen Kontakt zu dir will", erklärte sie entschieden. „Ich will keine E-Mails, keine Anrufe, keine Briefe. Ich möchte mich auf meinen Job konzentrieren und nicht jeden Tag gespannt auf ein Zeichen von dir warten, nur um dann wieder enttäuscht zu werden. Ich will lieber gleich mit dem Wissen fliegen, dass wir nichts voneinander hören." – „Okay", war das Einzige, was er dazu sagte. Sein Blick verriet ihr, dass er ihr ohnehin nicht glaubte.

Sie beschlossen, das ganze Pfingstwochenende, ihr letztes gemeinsames Wochenende vor Thessas Abreise, zusammen zu verbringen. Für den Pfingstmontag hatte Thessa einen Fallschirmsprung organisiert, denn das wollte sie unbedingt noch mit Victor erleben. Sie fuhren zum Flugplatz, und Thessa freute sich schon riesig auf seinen Gesichtsausdruck, wenn sie erst mal im Flugzeug sitzen würden, das sie in viertausend Meter Höhe bringen würde. Und dann der Moment, wenn sich die Tür der kleinen Maschine öffnete und sich die Passagiere nach und nach mit ihren Tandemmastern hinausstürzten. Da es nicht Thessas erster Sprung war, wusste sie, was auf sie zukam und war deshalb nicht mehr so nervös, obwohl sie es immer noch aufregend fand.

Einer der Lehrer wies Victor ein. Er wurde in einen Fallschirmanzug gesteckt, erhielt genaue Instruktionen und musste Trockenübungen machen. Dann ging es los. Das Flugzeug hob ab, und mit jedem Höhenmeter realisierte Thessa, dass ihm immer mulmiger wurde. Sein Gesichtausdruck wurde ernster, sein Blick nervöser. Thessa fand das insgeheim sehr amüsant, sagte aber kein Wort. Schließlich hatten sie ihre Absprunghöhe erreicht, und die Tandemmaster überprüften noch einmal alle Gurte. Dann rutschten sie in Richtung Tür und ließen sich fallen.

Victor sprang mit seinem Tandemmaster nach Thessa ab, aber die beiden überholten Thessa und ihren Lehrer, weil sie schwerer waren. Es war ein irres Erlebnis. Das Gefühl des freien Falles erinnerte Thessa immer ein bisschen ans Tauchen, obwohl dies hier viel aufregender war. Die Schwerelosigkeit und das rasende Tempo, in dem sie sich auf die Erde zu bewegten, waren einfach unglaublich. Der freie Fall dauert aber leider immer nur eine Minute. Sobald der Fallschirm aufging, fand Thessa die Situation eher beängstigend, weil in dem Moment wieder ihr Verstand einsetzte und sie sich jedes Mal fragte, was sie da eigentlich machte. Thessas Tandemmaster, den sie schon recht gut kannte, machte dann immer ein paar witzige Sprüche, so dass sie abgelenkt war. Bei ihrem ersten Sprung war Thessa genau mit dem Kopf zwischen seinen Beinen gelandet. An diese Begebenheit musste sie immer wieder denken und hoffte inständig, dass das nicht noch mal passierte. Aber sie landeten sehr sanft auf den Füßen.

Sofort nach der Landung eilte sie zu Victor, der restlos überwältigt war. Thessa erkannte genau dasselbe Glänzen in seinen Augen, das auch sie noch eine ganze Woche nach ihrem ersten Sprung mit sich herumgetragen hatte. Aufgeregt erzählte Victor in allen Einzelheiten von seinen Erlebnissen, und Thessa freute sich riesig, dass sie das mit ihm teilen konnte. Sie tranken noch etwas und machten sich dann auf den Heimweg. In ihrer Wohnung nahmen sie lange voneinander Abschied, und schließlich fuhr er nach Hause.

Obwohl Thessa wusste, dass dies wahrscheinlich ein Abschied für immer war, weinte sie nicht. Sie war viel zu beschäftigt mit ihren Umzugsvorbereitungen und empfand es als Erlösung, dass sie nun endlich aus der Beziehung rauskommen würde, ohne sie offiziell beendet zu haben. Vielleicht griff auch hier das

Prinzip Hoffnung – denn Hoffnung war es, die sie all die Jahre hatte ertragen lassen. Vielleicht wollte sie ihm die Entscheidung aber auch einfach nicht abnehmen, wollte ihn im Ungewissen lassen, was als nächstes passieren würde. Erst später erkannte sie, dass sie zu dem Zeitpunkt bereits sehr viel Respekt vor ihm verloren hatte.

Immer häufiger musste sie an Lydia denken. Und schrieb auch hierzu ein paar Zeilen:

Es ist doch unfair, dass ich weiß, dass es dich gibt
Und du weißt von meiner Existenz rein gar nichts
Es ist nicht fair, dass ich weiß, wann du weg bist
Nur weil er dann sofort bei mir ist

Es ist nicht richtig, dass er uns beide hat
Und wir ihn teilen müssen, am Tag, in der Nacht
Es ist nicht in Ordnung, dass wir ständig kämpfen
Gegen jemanden, den wir gar nicht kennen

Ob bewusst oder unbewusst ist ganz egal
In jedem Fall ist es reine Qual
Es ist nicht gerecht, dass er für seinen Egoismus
Auch noch Liebe erhält und nichts geben muss

Er geht aus dieser Geschichte als Gewinner raus
Und lacht uns für unsere Gefühle vielleicht noch aus

Ein Mensch kann dich nur so sehr verletzen
Wie du es ihm erlaubst zu tun
Und doch setzen wir ihm keine Grenzen
Lieben, hoffen, lassen alles zu

Wofür frag ich dich
Lieben wir so vergeblich

Halten uns an großen Worten fest
Und übersehen, dass er Taten nicht folgen lässt

Hat er es verdient, so geliebt zu werden?
Sollte es nicht umgekehrt sein, sollte er nicht werben?

Ich werde nicht mehr nach ihm streben
Ich will schließlich weiter leben
Und meine Liebe jemandem gewähren
Der sie nur von mir will und nicht von mehreren

Sieh nie den Feind in mir, darum will ich dich bitten
Ich habe oft für dich mitgelitten
Vielleicht hat er durch das Eingehen auf mich
Jemand anderen mehr schätzen gelernt, nämlich dich

So wünsche ich dir Erfolg und Glück auf deine Weise
Ich teilte viele schöne Momente mit ihm – stundenweise
Höre nicht hin, was er so sagt
Sei wachsam und pass gut auf, was er macht

Denn so hart es klingt, aber Fakt ist
Dass ich nicht seine große Liebe bin und du es auch nicht bist.

Am Dienstag nach Pfingsten, drei Tage vor Thessas Abreise nach Asien, erhielt sie wie jeden Tag um 13 Uhr einen Anruf von ihrem neuen Chef aus Indonesien. Sie schätzte ihn sehr und freute sich darauf, mit ihm zu arbeiten, aber heute klang er nicht so fröhlich wie sonst. In Thessa läuteten sämtliche Alarmglocken. Fassungslos lauschte sie seinen Worten.

Ihr wurde kurzum betriebsbedingt gekündigt!

Thessa war wütend. Sie glaubte ihm kein Wort. Das alles konnte nicht wahr sein! Ihr Traum war geplatzt. Kein Umzug nach Asien ... Keine Gehaltserhöhung ... Keine neue, herausfordernde Aufgabe ... Kein Wegkommen von Victor ... Kein neuer Lebensabschnitt ... Kein Job ... Nachdem sie aufgelegt hatte, rief sie sofort ihren Freund und Anwalt an und verabredete sich mit ihm. Anschließend ging sie in das Büro ihres Lieblingskollegen. Der sah sofort, dass etwas nicht stimmte und hörte sich fassungslos die ganze Geschichte an.

Nach zwei Jahren rauchte Thessa zum ersten Mal wieder.

Sie beendete den Arbeitstag und ging zu Vince. Als sie in seine Arme fiel, konnte sie endlich weinen. Es dauerte eine Weile, bis sie sich ein bisschen beruhigt hatte, dann erzählte sie, was passiert war. Vince stellte die richtigen Fragen und ging ganz sachlich vor.

Die Kündigung war ungerechtfertigt, und Vince versicherte ihr, dass sie den Prozess gewinnen würden. „Es bringt dir deinen Job nicht zurück, aber definitiv eine gute Abfindung. Vielleicht tröstet das ja.“ Vince meinte, er habe schon viel erlebt, aber diese Geschichte werde er zu seinen Top Ten zählen. Das entlockte Thessa zum ersten Mal an diesem Tag ein Lachen.

Sie fuhr nach Hause, rief sämtliche Freunde an und erzählte ihnen ihre Geschichte. Spät am Abend telefonierte sie mit Aly. „Und was machst du jetzt mit Victor?“, fragte Aly. „Ich glaube, das alles ist ein Zeichen“, erwiderte Thessa. „Ein Zeichen dafür, dass ich nicht so ohne weiteres aus dieser Sache rauskomme. Ich denke, mir wird gerade klar gemacht, dass ich meinen eigenen Weg finden muss, dass Flucht nicht die Lösung ist. Ich werde Victor natürlich alles erzählen. Mein Leben liegt gerade in Scherben, und ich werde ihm klarmachen, dass das der Moment ist, in dem ich ihn wirklich brauche. Wenn er sich in dieser Situation nicht zu mir bekennt, dann wird er es wohl nie tun. Im Augenblick könnte ich das auch noch verkraften. Dann stürzt wenigstens alles zusammen.“

Aly stimmte ihr voll und ganz zu. „Ich bin immer für dich da, Thessa“, erklärte sie. „Wir werden das schon zusammen durchstehen.“ Aly war selbst vier Jahre lang die Geliebte eines verheirateten Mannes gewesen und kannte die Höhen und Tiefen einer solchen Beziehung nur zu gut. In ihrem Fall war es allerdings so gewesen, dass er sich nach drei Jahren von seiner Frau getrennt hatte. Aly war zu dem Zeitpunkt jedoch schon so oft von ihm verletzt worden, dass das Vertrauen verloren gegangen war. Sie beendete die Beziehung nach jahrelangem Kampf und endlich erreichtem Ziel, und er kehrte zu seiner Frau zurück, die ihn mit offenen Armen empfing. Das war's.

Am nächsten Tag rief Thessa bei Victor an. Wie alle, denen sie von der Kündigung erzählt hatte, war auch er schockiert.

„Victor, ich glaube, jetzt ist der Zeitpunkt gekommen, an dem ich dich wirklich brauche. Ich brauche wenigstens einen Anker, an dem ich mich festhalten kann. Ich möchte, dass du dein Versprechen endlich einlöst und dich von Lydia trennst.“

Es entstand eine lange Pause, und dann antwortete er: „Das will ich ja auch. Bitte gib mir nur noch drei Monate.“

Nur noch drei Monate ... Thessa kochte innerlich vor Wut. Die letzten 24 Stunden waren einfach zu viel für sie gewesen. Sie war wütend auf ihre Firma, sie war wütend über ihr Leben, wütend, dass ihr so viel Mist passierte, und jetzt kam auch noch Victor, der mal wieder Verständnis brauchte und Zeit – und das nach fast vier Jahren.

In Bruchteilen von Sekunden flippte Thessa völlig aus und schrie ihn durchs Telefon an: „Noch drei Monate? Noch drei Monate? Du hattest fast vier Jahre. Du wolltest immer wieder Zeit, immer wieder Verständnis, immer wieder meine Zurückhaltung. Es ging immer nur um dich, um dich und noch mal um dich. Hast du dir mal überlegt, wie es *mir* geht? Hast du dir mal überlegt, was *ich* durchmache? Und jetzt, wo ich dich wirklich brauche, interessiert es dich einen Scheiß, sondern es geht wieder mal nur um dich!“

Die Worte sprudelten nur so aus ihr heraus.

“Weißt du was? In meinem Leben geht sowieso gerade alles

zu Bruch. Ich muss völlig neu anfangen. Wenn du diesen Neuanfang nicht mit mir willst, dann lass es sein. Bleib bei ihr. Leb weiter dein Spießerleben, das dich so anödet. Mach weiterhin dieselben langweiligen Dinge und verändere nichts. Ich hab keine Lust mehr, mich hinhalten zu lassen! Also werde ich diese ganze Kacke beenden. Ich schaff das schon alleine!"

Victor versuchte, sie zu beruhigen: „Thessa, hör auf, du weißt doch, dass wir zusammen gehören, gib mir nur ein bisschen Zeit!"

Ruhiger, aber sehr bestimmt antwortete Thessa: „Nein, Victor, das war's. Mach's gut."

Sie legte auf. Seit fast vier Jahren hatte sie das erste Mal das Gefühl, das Richtige getan zu haben.

Ja, da stehst du, siegessicher, und spürst vor lauter Stolz nicht die Tränen, die langsam in dir hochsteigen.

Das alles schützte sie aber nicht vor unendlich vielen Tränen. Sie hatte keinen Job mehr, sie hatte keine Beziehung mehr, sie hatte keine Freude mehr. Den Sommer verbrachte sie überwiegend in ihrer Wohnung, nichts konnte sie herauslocken. Sie mied jeden Spaß und tat sich selbst unendlich Leid. Die Energie, sich zu bewerben, brachte sie auch nicht auf. Sie las viel und schaute sich Filme an, an die sich hinterher nicht mehr erinnern konnte. Alle Versuche ihrer Freunde, sie aufzuheitern, misslangen.

Thessa war hauptsächlich mit sich selbst beschäftigt und versuchte, die vielen verschiedenen Empfindungen in den Griff zu bekommen. Sie war so wütend über die Ereignisse der letzten Wochen, dass sie am liebsten aus der Haut gefahren wäre. Am meisten aber ärgerte sie sich darüber, dass Victor keinerlei Versuche machte, sie zurückzugewinnen. Es gab Tage, an denen ihr dies besonders nahe ging, und es gab Tage, an denen sie das alles völlig kalt ließ. Aber immer wieder fühlte sie diese grenzenlose Wut.

Das Gefühl, dass er sie nur für seine Zwecke benutzt hatte und sie genauso ein Abenteuer für ihn war wie all die anderen Frauen, ließ sie nicht los. Dass er nicht ein einziges Mal versucht hatte, sie seit ihrer Trennung zu kontaktieren, dass es ihn anscheinend überhaupt nicht interessierte, wie es ihr ging! Dass er ohne ein Wort der Reue oder Trauer in sein ursprüngliches Leben zurückging und ihr damit zu verstehen gab, dass ihn die Trennung überhaupt nicht berührte! Ganz im Gegenteil: Endlich hatte jemand eine Entscheidung für ihn gefällt. Hätte sich seine Frau von ihm getrennt, wäre er heute eben mit Thessa zusammen. Weil Thessa aber den kürzeren Atem hatte, war er bei seiner Frau geblieben. Hatte er denn überhaupt keine eigene Meinung? Keine eigenen, wirklichen, tiefen Gefühle, für die er kämpfen wollte? Ließ er sich immer so treiben und fand sich mit den Dingen einfach ab?

Thessa war immer der Meinung, dass diese Liebe etwas Besonderes war, dass sie füreinander bestimmt waren und dass sie seine große Chance sein sollte, sein Leben selbst in die Hand zu nehmen. Für Thessa war sein Leben eine einzige Lüge. Sie hatte ihm immer geglaubt und gedacht, wenn sie ihm nur genügend Zeit ließe, würde er es eines Tages schaffen. Stattdessen musste sie erkennen, dass all ihre Liebe, ihr Glaube an ihn, ihre Geduld über fast vier Jahre völlig sinnlos gewesen waren. Viele Worte und Versprechen, aber keine Taten. Sie hatte verloren.

Nicht nur den Mann, den sie über alles geliebt hatte und als den Sinn ihres Lebens angesehen hatte. Nein, sie hatte auch den Glauben an die Liebe verloren.

Kein Mann kam mehr an sie heran. Sie glaubte kein Wort mehr, belächelte Komplimente und war extrem distanziert. Sie hatte das Gefühl, innerlich nicht mehr zu leben.

Manchmal ertappte sie sich bei dem Wunsch, noch einmal eine Nacht mit Victor zu verbringen. Dass sie noch einmal die Augen schließen und in ihre Welt fliehen würden. Dass er sie in seinen Armen hielt und ihr sagte, dass er einen Fehler gemacht habe und ohne sie nicht glücklich sei. Dass er alles tun würde, um es wieder gut zu machen und endlich zu ihr stehen würde.

Aber dann war da diese Stimme, die ihr sagte: „Er liebt dich nicht. Er hat dich nie geliebt, sonst hätte er seine Frau längst verlassen, hätte sie gar nicht erst geheiratet. Wenn du ihm so viel bedeuten würdest, hätte er längst etwas getan."

Aber er tat nichts. Das würde Thessa nie begreifen. Es würde sie ewig verfolgen. Und es würde sie ewig blockieren. Warum hatte er ihr das angetan?

Und was tat er seiner Frau an? Thessa beschloss, einen Brief zu schreiben.

Liebe Lydia,
dieser Brief wird Sie wahrscheinlich schockieren und Sie zutiefst treffen. Ich möchte Ihnen deshalb gleich zu Beginn versichern, dass es nicht meine Absicht ist, Ihnen wehzutun, sondern dass ich Ihnen die Augen öffnen möchte. Da niemand sonst und vor allem Ihr Mann nicht in der Lage ist, Ihnen die Wahrheit zu sagen, werde ich dies nun tun. Denn ich bin der Meinung, dass sie ein Recht haben, die Wahrheit zu erfahren, um dann zu entscheiden, wie Sie Ihr weiteres Leben gestalten werden.
Victor war fast vier Jahre mit mir zusammen. Wir lernten uns in einer Diskothek kennen. Innerhalb weniger Wochen verliebten wir uns ineinander, und er versprach mir, sich von Ihnen zu trennen. Das hat er (laut seinen Worten) wohl auch versucht, es scheiterte jedoch. Die damalige Situation war grauenvoll. Weil er nicht wusste, wie er eine Trennung von Ihnen vollziehen sollte, zog ich mich zurück.
Es dauerte nicht lange, und wir hatten wieder Kontakt. Immer wenn Sie flogen, setzte er sich in sein Auto und kam zu mir. Aus Wochen wurden Monate, aus Monaten zwei Jahre. Immer wieder beteuerte er, sich trennen zu wollen, er wisse nur noch nicht wann.

Schließlich gestand er mir kleinlaut, dass er Sie heiraten würde. Er versicherte mir jedoch gleichzeitig, dass das für ihn nichts bedeute und er Ihnen nur „einen Gefallen“ (wie er sich ausdrückte) tun wolle. Damals schwor ich ihm, dass er mich nie wiedersehen würde, wenn er das täte, und war fassungslos über seine Einstellung zur Heirat.
Für einen Zeitraum von sieben Monaten sah ich ihn nicht. Aber telefonisch hatten wir fast täglich Kontakt.
Als seine Mutter starb, fing er an, mich um ein Wiedersehen zu bitten. Er insistierte, er könne nicht ohne mich leben, er brauche mich, und ich solle zu ihm zurückkehren. Ich erwiderte, dass er jetzt verheiratet sei und es an seiner Frau sei, ihm jetzt beizustehen. Weinend versicherte er mir, er würde sich ganz bestimmt trennen, wenn ich nur zu ihm zurückkäme.
Schweren Herzens traf ich mich mit ihm, und in kürzester Zeit waren wir wieder zusammen. Seither sind eineinhalb Jahre vergangen. Geburtstage, Weihnachten, Silvester und Urlaube sowie die Monate März, Juni, September und Dezember musste ich immer alleine verbringen, weil Sie da zu Hause waren. Die Situation spitzte sich zu.
Immer schwerer fiel es mir außerdem, damit leben zu müssen, dass er Sie, die Sie ihn wahrscheinlich genauso lieben wie ich, so belog. Ich bat ihn immer wieder, Ihnen die Wahrheit zu sagen, aber er wand sich wie ein Aal.
Ich wusste mir nicht anders zu helfen und stellte einen Versetzungsantrag ins Ausland, um endlich aus diesem Chaos auszubrechen. Ich teilte ihm mit, dass ich in meiner Abwesenheit den Kontakt zu ihm abbrechen wolle und er die Zeit nutzen könne, um sich endlich für eine Frau zu entscheiden. Ich wollte die Zeit ebenfalls nutzen, um mit mir ins Reine zu kommen.
Pfingsten sollte unser letztes gemeinsames Wochenende sein.
Bedauerlicherweise erfuhr ich nach Pfingsten, dass mein Umzug ins Ausland platzte. Ich verlor meinen Arbeitsplatz. Natürlich war ich völlig am Boden und bat Victor, nun

endlich die Wahrheit zu sagen, damit mir wenigstens mein Privatleben Halt gäbe.
Er bat mich, ihm noch mal drei Monate Bedenkzeit zu geben. Aber dazu bin ich nicht mehr bereit. Mir ist bewusst, dass ich durch diesen Brief Victor vollends verlieren werde, damit meine ich auch als Freund, denn als Partner habe ich ihm bereits den Laufpass gegeben. Aber ich kann wenigstens endlich wieder ruhig schlafen und muss mich nicht mehr mit diesen ständigen Lügen quälen.
Ich habe Ihren Mann sehr geliebt. Woher sonst hätte ich die Kraft gehabt, das alles durchzustehen? Aber irgendwann geht auch dem stärksten Kämpfer die Puste aus, und mit einem Mann zu leben, der so egoistisch ist, kann nicht Sinn meines Lebens sein.
Ich hoffe sehr, dass Sie in mir keine Feindin sehen, denn ich habe oft für Sie mitgelitten.
Ich wünsche Ihnen alles Gute,
Thessa

Thessa las den Brief immer wieder durch und überlegte tagelang, ob sie ihn abschicken sollte. Schließlich entschied sie, es nicht zu tun. Sie sagte sich, dass eines Tages wahrscheinlich sowieso alles rauskommen würde. Also legte sie ihn zur Seite.

Nach vier Wochen fuhr sie wieder mal mit einer Freundin nach Italien. Der Tapetenwechsel tat ihr gut. Es gab zwar einen saftigen Streit, aber der lenkte sie von allem anderen ab. Direkt im Anschluss flog sie mit ihrer Mutter nach Spanien, und hier erholte sie sich richtig. Die langen Gespräche, der angenehme Sonnenschein und das viele Einkaufen lenkten sie ab, und sie konnte endlich mal wieder richtig lachen. An einem Mittwochmittag, sie lagen gerade am Pool, klingelte plötzlich ihr Handy. Vince war dran und teilte ihr mit, dass sie den Prozess gegen ihre Firma gewonnen hatte. Thessa sollte eine hohe Abfindung bekommen. Zum ersten Mal empfand sie wieder ein richtiges

Glücksgefühl. Sie wusste: Ab jetzt würde es bergauf gehen.

Nach dem Urlaub bewarb sie sich sofort um diverse Stellen, aber das Sommerloch bot ihr nicht viele Aussichten. Sie bekam schließlich einen Job bei einer weiteren Fluglinie, fühlte sich mit den Kollegen und auch in dem Gebäude aber so unwohl, dass sie nach einer Woche wieder aufgab. Später erfuhr sie, dass Victor im selben Gebäude nur zwei Stockwerke tiefer arbeitete. Das erklärte alles.

Im Oktober schließlich bekam sie einen Posten als Marketing Communications Manager, mit einem wesentlich besseren Gehalt als vorher. Dafür hieß es zwar der Touristikbranche den Rücken kehren, aber das war ihr erst einmal egal.

Erdbeertorte mit Schlagsahne

An dem Tag, an dem Thessa ihren Vertrag unterschrieb, rief Victor sie an. Er wollte sich mit ihr treffen, um ein letztes Gespräch zu führen und die wenigen Sachen, die er noch bei ihr hatte, abzuholen. Thessa war sehr froh darüber, denn auch sie wollte ihn noch einmal sehen, um diese Geschichte freundschaftlich zu beenden. Allerdings wollte sie ihn nicht bei sich zu Hause empfangen. Sie wollte diesen intimen Rahmen nicht, hier würden zu viele Erinnerungen wach. Also holte er sie ab, und sie gingen in das koreanische Restaurant, das Victor so gern mochte.

Sie unterhielten sich über die letzten vier Monate, die sie ohne einander verbracht hatten. Victor berichtete von seinem Job und dass es doch anstrengender sei, als er es sich vorgestellt hatte. Er erzählte, dass er auch privat nicht besonders glücklich sei und alles so vor sich hinlaufen würde. Nichts Spannendes.

Thessa saß ihm gegenüber und war sehr, sehr glücklich. Die letzten Wochen harter Auseinandersetzung mit sich selbst hatten sie gefestigt. Sie hatte kein Verlangen mehr, Victor zu berühren. Es war ihr seltsam egal, wie es ihm ging. Sie ertappte sich dabei, dass sie den Mann, den sie einst so geliebt hatte, nur noch als lächerlichen Jammerlappen empfand, und konnte es nicht glauben, dass sie so abhängig von ihm gewesen war. Erstaunt stellte sie fest, dass es im Leben der neuen Thessa für Victor keinen Platz mehr gab. Vince hatte Recht gehabt: „Am Ende gewinnt immer die Geliebte."

Und Geliebte ... Was bedeutete das schon? Wer hatte denn wen geliebt?

Thessa erzählte Victor aufgeregt und voller Stolz von ihrem neuen Job. Sie war sich sicher, dass sie viel Spaß haben würde. Schon beim Vorstellungsgespräch wusste sie, dass sie hierher gehörte und für diese Firma und mit diesen Menschen arbeiten wollte. Victor sah sie sehnsüchtig an, so wie er es schon unzählige Male getan hatte, aber dieses Mal empfand Thessa nichts. Das machte sie froh. Es gab ihr keineswegs das Gefühl des Sieges, auch nicht das Gefühl, etwas gewonnen zu haben. Aber es gab ihr auch nicht das Gefühl, wieder verloren zu sein. Sie empfand eine Zufriedenheit, die sie sich schon lange nicht mehr hatte vorstellen können.

Victor fuhr sie nach Hause. Beim Aussteigen sah er sie erwartungsvoll an, aber Thessa lächelte nur und sagte: „Dann mach´s mal gut. Wir telefonieren." Keine Umarmung, kein Kuss. Thessa schlief hervorragend.

Am nächsten Morgen – sie war gerade in ihrem neuen Büro angekommen – hatte sie einen völlig aufgelösten Victor am Telefon.

„Thessa, du kannst dir nicht vorstellen, was passiert ist! Lydia hat mich heute früh aus Dubai angerufen. Gestern Abend ist sie dort mit einer Kollegin etwas trinken gegangen. Die Kollegin ist wohl im Begriff zu heiraten. Jedenfalls haben sich die beiden über Vertrauen und Treue und Wissen, ob es der Richtige ist, unterhalten. Na ja, und in dem Zusammenhang meinte die Kollegin dann zu Lydia, dass sie – Lydia – sich ja auch nie hätte sicher sein können, denn schließlich hätte ich sie ja jahrelang betrogen."

„Wer war die Kollegin?", fragte Thessa.

„Eine Claudia, mit der du wohl mal zusammen gearbeitet hast und die unsere Geschichte wiederum von einer Freundin von dir namens Melanie kennt", antwortete er.

„Melanie war nur eine Bekannte, zu der ich schon lange keinen Kontakt mehr habe, aber ich kenne beide Frauen ... Und weiter?"

„Lydia will deine Telefonnummer von mir. Sie will dich anrufen und von dir wissen, wie lange das mit uns ging. Sie sagte, sie gibt keine Ruhe, bis ich ihr nicht deine Nummer und deinen Namen gegeben hab. Ich weiß nicht, was ich tun soll!"

Thessa und Victor hatten seit jeher eine feste Vereinbarung:

Victor durfte, egal was passierte, niemals Thessas Namen, Adresse oder Telefonnummer preisgeben. Thessa wollte das auf keinen Fall, weil sie nicht wusste, wie die aufgebrachte Ehefrau reagieren würde. Thessa war immer das Phantom gewesen, und das wollte sie auch bleiben.

„Und – was habe ich mit der ganzen Sache zu tun? Das Thema ist für mich beendet, Victor. Sieh zu, wie du da rauskommst. Du kannst ihr doch erzählen, was du willst, sie glaubt dir doch sowieso alles. Sämtliche Anzeichen der letzten Jahre, dass eventuell bei euch etwas nicht in Ordnung war, wollte sie doch auch nicht sehen, also wo ist das Problem?"

„Dieses Mal ist es anders. Ich weiß, dass sie nicht locker lassen wird. Du musst mir helfen, bitte!"

Thessa traute ihren Ohren nicht und fragte: „Und was meinst du, soll ich deiner Meinung nach tun?"

„Wenn sie anruft, sag ihr bitte, dass wir schon Jahre keinen Kontakt mehr haben, dass ich dich schon lange verlassen habe und du nichts mehr von mir weißt."

„Victor, wenn du ihr meine Telefonnummer gibst, kriegst du den größten Ärger mit mir. Lass mich doch einfach in Ruhe und sieh selbst zu, wie du das geregelt bekommst. Sollte ich deine Frau am Telefon haben, schwör ich dir, ich werde sie nicht belügen."

„Thessa, bitte!"

Thessa legte auf. Sie konnte nicht glauben, dass er das tatsächlich von ihr verlangte. Mit dieser ganzen Geschichte wollte sie nichts mehr zu tun haben. Kopfschüttelnd stürzte sie sich in ihre Arbeit und vergaß im Lauf des Tages den seltsamen Anruf.

Aber als sie abends nach Hause kam und das Telefon klingelte, zuckte sie zusammen. Wie sollte sie reagieren, wenn es tatsächlich Lydia war? Sie traute Victor ohne weiteres zu, dass er, nur um sich zu schützen, das Versprechen brechen und ihre Telefonnummer preisgeben würde. Sie hob nicht ab, wartete darauf, dass eine Nachricht hinterlassen würde. Aber das geschah nicht. Das gleiche passierte noch vier Mal. Thessa wurde nervös. Bevor sie schlafen ging, stellte sie das Telefon ab.

Als sie am Tag darauf ins Büro kam, hatte sie erneut Victor am Telefon. „Thessa, du musst mir helfen. Lydia dreht vollkommen durch. Sie gibt keine Ruhe und will alles tun, um deine Nummer zu bekommen. Ich weiß nicht, was ich machen soll!“

Thessa dachte nur: „Wie immer geht es nur um dich. Du bist mal wieder das Opfer des ganzen Szenarios. Der arme Victor, der ja immer so hilflos ist und es doch mit allen so gut meint. Der sich nie etwas zu Schulden kommen lässt und für alle nur das Beste will.“ Ihr kam die Galle hoch.

„Hör zu: Lass mich mit der Sache in Ruhe. Ich will dieses ganze Thema nicht mehr. Mir ist egal, wie du das löst, aber es passiert nicht auf meine Kosten. Und solltest du nicht aufhören, mich damit zu nerven, dann ruf ich sie an, und sie kann mich alles fragen und wird auf alles eine Antwort erhalten. Willst du das?“ – „Nein.“ – „Gut, dann ruf mich nicht mehr an, wenn es darum geht. Okay?“ – „Okay.“

Das Theater ging fast eine ganze Woche. Thessa hörte sich sein Gejammer an und versuchte sogar, ihn zu beruhigen. Abends zuckte sie bei jedem Telefonklingeln zusammen und wurde zusehends nervöser. Sie machte ihm immer wieder klar, dass sie die Nase voll habe und er aufhören solle, sie zu belästigen. Schließlich drohte sie: „Victor, wenn du mich noch einmal anrufst, damit ich dir da raushelfe, rufe ich Lydia an und bereinige die Sache. Ich hab keine Lust mehr, ich will mein eigenes Leben, ich will die Vergangenheit hinter mir lassen. Es war alles schlimm genug für mich. Also lass mich endlich in Ruhe.“

„Wir wissen doch beide, dass du das nie tun würdest, Thessa, also bitte!“

Thessa explodierte innerlich. Wie konnte er in einer solchen Lage immer noch so überheblich sein!

Am nächsten Morgen rief er wieder an, um mit dem Thema anzufangen, aber Thessa unterbrach ihn und sagte nur: „Das war´s. Ich rufe sie an, und damit hat die Sache ein Ende."

Er glaubte ihr nicht.

Auf dem Nachhauseweg hielt Thessa bei einer Telefonzelle an und wählte Victors private Telefonnummer. Lydia nahm ab, und Thessa stellte sich vor mit den Worten: „Hallo, Frau Menker, hier ist Thessa Becker. Sie wollten mich sprechen. Ich hab mir gedacht, bevor Ihr Mann mich weiter mit Telefonanrufen nervt, rufe ich Sie an."

Lydia war völlig baff und meinte nur: „Na ja, ich hätte nicht um jeden Preis Ihre Telefonnummer verlangt, aber ... oh je, ich zittere am ganzen Körper ... Ich bin völlig aufgewühlt."

Thessa musste lachen und sagte: „Geht mir genauso, ist ja auch eine heftige Situation. Also, was kann ich für Sie tun? Das ist Ihre Gelegenheit, alle Fragen zu stellen, die Sie stellen wollen, und ich kann Ihnen versichern, dass ich sie ehrlich beantworten werde."

„Dafür möchte ich Ihnen erst mal danken, denn aus ihm ist ja nichts rauszubringen. Diese Ungewissheit ist das Schlimmste an allem. Ich weiß, dass da irgendwas ist, schon lange, aber ich wusste nie, was."

„Das kann ich mir vorstellen."

„Wie lange geht das schon mit Ihnen und meinem Mann?"

„Fast vier Jahre – ging es."

„Heißt das, Sie sind nicht mehr zusammen? Wer hat es denn beendet?"

„Nein, wir sind seit etwa vier Monaten nicht mehr zusammen. Ich habe mich im Juni von ihm getrennt."

„Ich verstehe das nicht. Was hat er denn nur gewollt? Ich meine, wie oft haben Sie sich denn gesehen? Ähm, können wir uns nicht duzen?"

Sie erschien Thessa sehr nett und hatte eine schöne Stimme. Also sagte Thessa: „Ja, klar. Wir haben uns immer gesehen, wenn du geflogen bist. Das heißt, ich habe mein Leben nach deinem Flugplan ausgerichtet."

„Oh je, das muss für dich ja auch furchtbar gewesen sein!"

„Ja, schon, aber jetzt ist es vorbei."

„Und was habt ihr denn immer so gemacht?"

„Wir haben viel geredet, uns unterhalten und so."

„Ja, und hat er mal gesagt, was ihm in unserer Ehe fehlt?"

„Ja, er sagte, die Gespräche würden ihm fehlen."

„Das verstehe ich nicht. Wir unterhalten uns doch ständig. Wir unternehmen auch so viel zusammen. Wenn Freunde dabei waren, hat er so oft gesagt, dass er mich nie wieder hergibt. Er wollte mich ja schließlich auch heiraten."

Jetzt stellte Thessa eine Frage: „Das heißt, er hat dir einen Heiratsantrag gemacht?"

„Ja, na klar."

„Mir hat er erzählt, dass du auf Heirat gedrängt hättest und er dich nur heiraten würde, um dir einen Gefallen zu tun."

„Was?? Das glaube ich ja nicht! Was für ein Arsch!"

„Darin sind wir uns einig."

Dann flüsterte Lydia plötzlich: „Oh, ich glaube, er kommt gerade nach Hause. Kannst du mich morgen noch mal anrufen?"

„Ja, klar."

„Eine letzte Frage habe ich noch."

„Ja?"

„Hattet ihr auch Sex?"

Thessa fiel fast vom Glauben ab. „Natürlich. Ich ruf dich morgen wieder an."

Mit Lydias letzter Frage wurde Thessa schlagartig alles klar. Zu Beginn des Telefonats war ihr Lydia so sympathisch erschienen, dass sie sich immer wieder fragte, wie Victor eine so nette Frau nur hintergehen konnte. Lydia machte auf Thessa einen sehr liebevollen Eindruck. Sie hätten Freundinnen sein können.

Wie konnte Lydia ihr nur eine solche Frage stellen? Natürlich: Sie war völlig anders. Und genau das war der Schlüssel zu der ganzen Geschichte.

Lydia war eine Frau, die an die konservativen Grundsätze einer Beziehung glaubte. Sie vertraute ihrem Mann und würde wahrscheinlich nie auf die Idee kommen, dass der sie mit einer anderen betrügen könnte. Und wenn er sich mit anderen Frauen traf, dann ganz bestimmt nicht, um ein sexuelles Abenteuer zu suchen, sondern um einfach nur Spaß zu haben.

Lydia war der Typ Frau, der ein schönes Zuhause bot und sich darum kümmerte, dass alles ordentlich war. Dass die Wäsche nicht rumlag und immer rechtzeitig gewaschen wurde, dass gebügelt war, dass alles staubfrei war und die Wohnung immer in einem Topzustand. Wahrscheinlich räumte sie hinter Victor alles auf. Das würde auch erklären, warum er bei Thessa immer alles hatte stehen- und liegen lassen. Sie bekochte und bemutterte ihn und kümmerte sich um alles Alltägliche. Sie lieferte den sicheren Hafen, in den er jederzeit zurückkehren konnte und wo er nie Überraschungen erlebte.

Hier war einfach alles ruhig, normal und risikofrei. Lydia war selbstverständlich. Mit Lydia wurde der gemeinsame Winterurlaub im März verbracht und der Sommerurlaub im September. Lydia hatte keine eigenen Freunde. In ihrem Leben gab es ihren Job und Victor. Sie hatte keine Hobbys oder irgendetwas anderes, das Unsicherheiten mit sich gebracht hätte. Das alles war für Victor angenehm und voller Sicherheit, aber manchmal eben auch langweilig.

Thessa war das Abenteuer, die Abwechslung vom Alltag. Die Frau, die, statt zu kochen, die bestellte Pizza von seinem Bauch aß. Die, statt seine Wäsche zu waschen, lieber ihn bei einem gemeinsamen Bad wusch, die Frau, die, statt zu bügeln, lieber seine Klamotten zerknitterte, indem sie sie ihm auszog. Mit Thessa sprach er nicht über Rechnungen, sondern rechnete lieber mit neuen Überraschungen, die das nächste Treffen bot.

Thessa war die Insel, auf der er Urlaub machte. Das Paradies, in das er sich flüchtete. Und Thessa war ein Unsicherheitsfaktor, denn er wusste ja nie, wie lange sie das alles mitmachen würde. Also war Thessa auch immer die Frau, die ihn forderte, die seine volle Aufmerksamkeit wollte und die keinerlei Langeweile zuließ. Thessa war aufregend, aber auch unkalkulierbar. Bei ihr wusste er nie, was sie in der Zeit, in der sie sich nicht sahen, machte. Thessa gab ihm außerdem immer wieder das Gefühl, ein begehrenswerter Mann zu sein.

Beide Frauen zusammen ergaben die perfekte Mischung. Die eine kümmerte sich darum, die Basis seines Lebens zu gestalten, die andere kümmerte sich darum, es aufregender zu machen. Ohne die Basis Lydia hätte Thessa gar keine Chance gehabt. Die eine bot ihm die Erdbeertorte, die andere die Schlagsahne dazu. Auf Grund der intensiven Gefühle, die ihm beide Frauen entgegenbrachten, hatte Victor die Macht, beide nach Belieben für sich zu nutzen. Es war für ihn ein Kinderspiel, denn er hatte die Kontrolle über diese Konstellation. Es war anzunehmen, dass Lydia indirekt sogar von Thessas Existenz profitierte: Wahrscheinlich schenkte Victor, getrieben von schlechtem Gewissen, Lydia häufiger Blumen oder sagte ihr liebe Worte, vielleicht war er ihr gegenüber aufmerksamer, als das vor Thessas Eintreten in sein Leben der Fall gewesen war. Somit waren alle glücklich – bis auf Thessa.

Am nächsten Tag rief Thessa wie versprochen wieder bei Lydia an. Dieses Mal hörte sie sich sehr müde an. Sie hatte die ganze Nacht mit Victor diskutiert und überraschte Thessa nun mit dem Ergebnis.

„Er hat die Sache ganz anders erzählt als du. Als Erstes hat er mir erzählt, dass *er* eure Beziehung beendet hat. Er wollte das schon vor sehr langer Zeit tun, eigentlich bevor wir heirateten. Aber er sagte, du hättest es nicht zugelassen und ihn immer wieder gebeten, bei ihm zu bleiben. Er behauptet, dass die Sache mit euch schon längst vorbei sei und er nur nicht gewagt habe, den endgültigen Schritt zu tun, aus Angst, du könntest dir etwas antun."

Lydia machte eine Pause, und Thessa nutze die Chance: „Das ist ja ein hochkarätiges Arschloch!" platzte es aus ihr heraus. „Genau dieselbe Geschichte hat er mir ganz am Anfang unserer Beziehung als Entschuldigung dafür geliefert, dass er dich nicht verlassen könnte. Dass er unsere Beziehung beendet hat, ist eine Lüge. Aber egal – jetzt ist sowieso alles vorbei."

Lydia entgegnete: „Tja, bei dir vielleicht, aber ich werde mir noch überlegen müssen, was ich mache. Ich habe große Lust, ihn rauszuschmeißen."

„Das solltest du auch tun. Such dir lieber einen pfiffigen Piloten, der es ehrlich mit dir meint."

„Ich will keinen Piloten." Beide mussten lachen.

Dann meinte Lydia: „Du hast dich ja auch nicht gerade korrekt verhalten. Immerhin hast du dich in eine bestehende Beziehung gedrängt."

„Da hast du Recht, allerdings habe ich niemanden betrogen."

„Ja, das stimmt. Im Endeffekt ist er der Arsch – ganz klar."

„Na ja, vielleicht hat er durch diese Geschichte auch gelernt und weiß jetzt, was er an dir hat. Ich würde dir ja zu gerne sagen, dass er dich bestimmt nie wieder betrügen wird, aber ... das glaube ich nicht. Er ist ein Mann, der das meiner Meinung nach immer wieder machen wird."

Lydia seufzte: „Ich weiß auch nicht. In jedem Fall bitte ich dich, meinen Mann nie wieder zu kontaktieren. Keine Anrufe, keine Briefe."

Thessa traute ihren Ohren nicht: „Damit hast du dir doch schon die Antwort auf deine Überlegungen gegeben. Du wirst ihn nicht verlassen. Du wirst es ertragen, auch wenn es dir noch so schwer fällt. Ich hoffe nur für dich, dass du die richtige Entscheidung fällst."

Dann verabschiedeten sie sich.

Für Thessa war es das seltsamste Telefongespräch ihres Lebens gewesen. Sie waren zwar freundlich miteinander umgegangen, doch längst nicht so freundschaftlich wie am Vortag. Thessa spürte unterschwellige Aggressionen. Das Gespräch ging ihr noch den ganzen Tag durch den Kopf. Kurz bevor sie einschlief, sagte sie sich, dass es zwar nicht die schönste Art war, diese Geschichte zu beenden, aber sie hatte endlich das Gefühl, dass sie tatsächlich beendet war. Nach Wochen schlief sie wieder richtig gut die ganze Nacht durch. Seit langer, langer Zeit hatte sie das Gefühl, das einzig Richtige für sich getan zu haben, obwohl sie die Art und Weise durchaus nicht stilvoll fand.

Drei Wochen später hinterließ sie Victor eine Nachricht auf dem Anrufbeantworter. Sie gratulierte ihm zum Geburtstag und teilte ihm mit, dass sie nicht mehr böse auf ihn sei, er aber wahrscheinlich auf sie, und dass er sich überlegen solle, ob er nicht am Ende des Tages eigentlich auf sich selbst sauer sein sollte. Sie wünschte ihm alles Gute und viel Glück für die Zukunft.

Damit war die Geschichte für Thessa endgültig abgeschlossen.

Epilog: Eine Art Sucht

Zu diesem Zeitpunkt waren vier Jahre ihres Lebens an Thessa vorübergezogen. Vier Jahre zwischen 28 und 32. Eigentlich mit die schönsten Jahre im Leben einer Frau.

Wieso hatte sie sie so verschenkt?

An einen Mann, der sich nie für sie entschieden hatte.

An einen Mann, der sie nie wirklich geliebt hatte.

Warum war sie so blind, so voller Eifer, warum musste es unbedingt er sein?

Warum empfand sie diese tiefe Liebe nur zu ihm?

Warum empfand sie ihn als so besonders?

Und warum konnte sie ihn für all das, was er ihr angetan hatte, nicht hassen?

Weil sie genau wusste, dass es nur einen Menschen gab, den sie für ihre Misere verantwortlich machen konnte.

Weil sie genau wusste, dass *sie selbst* es so gewollt hatte!

Sie hatte alle Zügel in der Hand. Sie hätte jederzeit die Dinge für sich ändern können.

Sie hätte ihn verlassen können, wann immer sie wollte. Sie hätte wegziehen können, sie hätte ihm den Kontakt verbieten können. Sie hätte auch schon vorher seine Frau informieren können.

Aber sie hatte es nicht getan, aus einem einzigen Grund: Sie wusste, dass er sie nicht zurückhalten würde.

Denn genauso wenig, wie er seine Frau davon abgehalten hätte, ihn zu verlassen, hätte er Thessa festgehalten, und sie wusste das. Aber sie wollte diesen Traum, diese ultimative Liebe, diese selbstlose Hingabe. Sie lebte von ihren Phantasien, von der Unwirklichkeit und bildete sich ein, ohne ihn nicht leben zu können, ohne ihn nicht lieben zu können und sich ohne ihn nie geliebt zu fühlen.

Sie lebte die Rolle, die wir Frauen uns so gerne einreden: Wir müssen erst hart an etwas arbeiten, bevor wir es uns verdienen.

Nicht selten ist der Ursprung dieser Einstellung übrigens in unserer Kindheit zu finden. Unsere erste große Liebe ist in den meisten Fällen der liebe Papa. Und der fängt schon in frühen Jahren damit an, uns so zu erziehen, dass wir seiner Vorstellung von der kleinen Prinzessin entsprechen. Bestimmt können Sie sich noch an den Satz erinnern: „Wenn du dein Zimmer jetzt nicht aufräumst, dann hat dich der Papi nicht mehr lieb!“ – oder ähnliche erzieherische Maßnahmen, die immer mit der unterschwelligen Drohung des Liebesentzugs endeten. Natürlich haben wir alles getan, um diesem ersten wichtigen Mann in unserem Leben zu gefallen. Bedauerlicherweise legen wir dieses Verhaltensmuster nur in den seltensten Fällen später ab. Wir leben es als Teenager und richten uns auch als Erwachsene immer noch danach.

Auch Thessa lebte in dem Glauben, dass Victor eines Tages alles erkennen werde, wenn sie nur das Richtige machte, das Richtige sagte, das Richtige schrieb.

Sie kämpfte für diese Liebe, und je mehr sie spürte, dass sie sie nicht haben konnte, desto stärker wurde ihr Kampfgeist. Der Moment ihres Sieges würde schon kommen.

Aber dieser Moment trat nicht ein. Keine Sekunde änderte Victor, keine Stunde, kein Tag, kein Jahr.

Es sind eben nur Momente, die Sie mit ihm teilen und die eine solche Beziehung zu etwas ganz Besonderem machen. Aber warum sind sie so besonders? Weil Sie sie so besonders machen. Weil Sie Zeit haben, sich die Situationen zu erträumen, und weil Sie diese erträumten Situationen wahr werden lassen. Sie machen diesen Mann besonders. Sie schaffen die besondere Atmosphäre, besondere Ereignisse. Sie selbst sind so besonders. Besonders engagiert, besonders hingebungsvoll, besonders verständnisvoll, denn frau will ihn ja so unbedingt verstehen und für ihn da sein. Sie wollen anders sein als die große Konkurrenz Ehefrau. Deshalb sind Sie auch nicht der Mensch, der Sie unter normalen Bedingungen wären.

Sie wollen aufregend sein, exotisch und natürlich erotisch. Deshalb überschreiten Sie Grenzen, die Sie sich vorher nie bewusst gesteckt hatten, die aber einfach da waren.

Sie sind einfallsreich, liebevoll, aufopfernd und so sexy. Wenn er dann da ist und Sie Ihre Träume leben können – dann erst fühlen Sie sich geliebt. Sie sind die Frau, die er wirklich liebt – nur Sie.

Geliebte? Geliebte ist das falsche Wort.

Kann es Liebe sein, wenn es so weh tut?

Kann es Liebe sein, wenn Sie allein gelassen werden?

Kann es Liebe sein, wenn er sieht, dass er Sie verletzt, und nichts dagegen tut?

Kann es Liebe sein, wenn er für Sie nicht da ist, wenn Sie ihn brauchen?

Kann es Liebe sein, wenn Sie Ereignisse wie Weihnachten, Silvester, Geburtstage und Urlaube alleine verbringen?

Kann es Liebe sein, wenn er Ihnen sagt, dass er Sie liebt, aber keine Taten folgen lässt?

Kann es Liebe sein, wenn er Sie weinen sieht und Sie mit Ihren Tränen alleine lässt?

Das ist keine Liebe!!! Das ist Egoismus. Und zwar von einem solchen Ausmaß, dass das Potenzial, welches dahinter steckt, unsere Gesellschaft zu Fall bringen würde, wenn es von solchen Menschen zu viele gäbe.

Es geht hier um reine Selbstbestätigung und um Macht. Es geht darum, Macht über andere Menschen zu haben und ihre Gefühle und Hingabe zu nutzen, um sich selbst stark zu fühlen. Gerne erklären sich solche Männer (und übrigens auch Frauen – dieses Verhalten ist nicht geschlechtsabhängig) zu Opfern: *Sie* seien diejenigen, die in einer verzwickten Situation steckten, aus der sie nicht herausfänden. *Sie* seien diejenigen, die ja niemandem wehtun wollten. Aber ihr Egoismus geht weit über das Fühlen mit anderen und die Verantwortung für sie hinaus.

Thessa war stark und hat für sich einen Weg gefunden, aus

der Beziehung auszubrechen. Aber wie viele Menschen gibt es, die dazu nicht in der Lage sind? Die zu schwach sind zu erkennen, dass nur sie selbst für ihr Leben und dessen Gestaltung verantwortlich sind? Wie viele Herzen zerbrechen, weil sie nicht begreifen, dass es nur um Egoismus geht und dass nur sie selbst sich aus einer solchen Beziehung befreien können, niemand sonst?

Das soll gar nicht heißen, dass Victor keine Gefühle für Thessa hatte. Sicherlich hat er Thessa auf seine Art geliebt. Aber die Liebe zu sich selbst, die Liebe zu der Macht, die er durch ihre Abhängigkeit erlangte, war wesentlich größer als seine Gefühle für Thessa.

Hätte Victor beide Frauen wirklich geliebt, dann hätte er sich von beiden lösen müssen, um beiden die Möglichkeit zu geben, Männer zu finden, die sie nicht teilen müssten, sondern für die sie die Einzigen waren. Aber diese Größe hatte er nicht.

Bei Thessa war es im Prinzip nicht anders: Es musste unbedingt *er* sein. Auch sie hatte nicht die Größe, ihn gehen zu lassen. In ihren Traumfilmen, die sich vor ihrem inneren Auge abspielten, war er der Star, die Hauptbesetzung. Viel zu selten überdachte sie die Lage kritisch, denn das hätte ja unweigerlich bedeutet, dass sie sich auch selbst hätte kritisieren müssen.

Wer geht schon gerne mit sich selbst ins Gericht, um am Ende des Tages womöglich zugeben zu müssen, dass er oder sie sich diese Liebe selbst schöngeredet hat? So sehr, dass man die Realität nicht mehr sieht; so sehr, dass man an etwas glaubt, das schlichtweg nicht existiert. Das Prinzip Hoffnung ist in uns verankert. Schon Grimms Märchen machen uns glauben, dass eines Tages der Prinz heraneilt. Aber auf dem Ross dieses Prinzen sitzt keine andere Frau, und als Dornröschen wach geküsst wurde, hielt der Prinz sie nicht mit Bedenkzeit hin.

Haben Sie schon mal das Rauchen aufgegeben? Dann ist es einfach zu erklären: Es ist wie mit einer Zigarette. Wenn Sie eine Zigarettenschachtel irgendwo liegen sehen, starren Sie sie bestimmt immer wieder voller Lust an. Es kribbelt in Ihren Händen. Sie möchten eine rausziehen und mit ihr spielen. Nur einmal an ihr zu riechen würde ja schon reichen – glauben Sie. Aber dann greifen Sie zum Feuerzeug und stecken sich eine an – und Sie genießen es. Und Sie glauben, dass es bei dieser einen bleibt – kein Problem – Sie haben ja alles unter Kontrolle. Natürlich muss gleich eine zweite her, denn einmal ist ja bekanntlich keinmal, und dann eine dritte.

Ehe Sie sich versehen, sind Sie wieder süchtig nach dem Zeug und brauchen mindestens eine Packung am Tag. Sie bilden sich ein, dass es Ihnen damit gut geht und achten nicht auf Ihren Raucherhusten, den rauen Hals und die Tatsache, dass Sie oben auf der Treppe keuchen, als ob Sie einen 1000-Meter-Sprint hinter sich hätten. Obendrein zahlen Sie auch noch einen hohen Preis, um Ihre Droge zu bekommen. Genauso ist es mit dem Geliebten-Dasein. Sie wissen genau, dass es Sie innerlich kaputt macht, aber die Versuchung ist zu groß und Ihre Widerstandkraft zu klein.

Die klassische Geliebte begibt sich selbst in diese fatale Geschichte. Nur sie selbst ist also für den Kummer und das Leid, das sie erträgt, verantwortlich. Wenn Sie es nicht zulassen, dass Sie jemand verletzt, dann wird das auch niemandem gelingen. Und wenn Sie sich dennoch in einen gebundenen Mann verlieben und er behauptet, sich auch in Sie verliebt zu haben, dann soll er sich trennen – und zwar, bevor Sie Ihre kostbare Zeit in eine Liebe investieren, die es vielleicht gar nicht gibt.

Wir haben nur dieses eine Leben, und ein jeder ist es wert, geliebt zu werden. Verschwenden Sie Ihre Zeit nicht mit Menschen, die Sie nicht wirklich wollen. Es sei denn, Sie sind so masochistisch veranlagt, dass Sie Gefallen daran finden. In dem Fall ist diese Konstellation perfekt für Sie.

Und was ist mit den Ehefrauen? Obwohl sich Ehefrau und Geliebte immer gerne anfeinden, ist eine Sache Fakt: Sie sind sich sehr, sehr ähnlich.

Beide leben nach dem Prinzip Hoffnung (auf Erfüllung ihrer Wunschvorstellungen), und beide übersehen die Tatsache, dass sie den Mann ihrer Wahl niemals ändern werden. Wir können anderen Menschen Anstöße geben, Kritik üben, Änderungsvorschläge anbringen, aber wir können sie nicht ändern. Ändern kann sich ein Mensch nur selbst. Und natürlich wollen Sie für ihn nur das Beste. Aber woher wollen Sie überhaupt wissen, was das Beste für ihn ist? Vielleicht ist das Beste für ihn das Schlechteste für Sie. Vielleicht ist das Beste für Sie aber auch das Schlechteste für ihn?

Liebe hat immer auch eine ganze Menge mit Egoismus zu tun. Nur, weil dieser andere Mensch Teil Ihres egoistischen Denkens ist, heißt das noch lange nicht, dass er auch dem Menschen entsprechen möchte, der er Ihrer Vorstellung nach sein sollte. Angenommen, er ändert sich und wird so, wie Sie ihn möchten – ist das dann noch der Mann, in den Sie sich einst verliebt haben? Oder ist das nicht viel eher jemand, den Sie geformt haben? Warum eigentlich können Sie nur glücklich sein, wenn er dieses Glück mitgestaltet? Warum kann es kein anderer Mann sein, einer, der Sie wirklich liebt, sich wirklich für Sie interessiert? Einer, der nur Sie will und nicht noch eine zweite, dritte oder vierte Frau?

Wollen Sie Ihr Leben verschenken? Sie sind mehr wert als das – viel mehr.

Obwohl sie bei seinem Heiratsantrag einen Moment zögerte, hat Franka bereits mit 21 Jahren Bob geheiratet. Die beiden kannten sich zwei Jahre, bevor sie vor den Altar traten. Sie waren arm wie die Kirchenmäuse, entwickelten dadurch aber einen enormen Zusammenhalt und führten über sieben Jahre eine sehr glückliche Ehe, aus der zwei wundervolle Kinder hervorgingen. Im verflixten siebenten Jahr bemerkte Franka dann eine starke Veränderung an Bob. Er gab auch immer öfter seiner Unzufriedenheit Ausdruck. Schließlich fand sie heraus, dass Bob sie mit ihrer Freundin hinterging. Nach nächtelangen Gesprächen und endlosen Diskussionen trennte sich Bob von Frankas Freundin und gelobte Besserung. Sie machten eine Ehe-Therapie und waren sich sicher, dass sie es schaffen würden. Aber Bob konnte es nicht lassen, zog für fünf Monate aus und kam dann reumütig zurück, weil Franka für ihn unersetzbar war. Für ein halbes Jahr war die Welt wieder in Ordnung.

Dann betrog Bob Franka mit einer anderen Freundin. Über vier Jahre gab es Tränen und endlose Diskussionen. Frankas Misstrauen wuchs, aber die Hoffnung, dass sich eines Tages alles zum Guten wenden würde, blieb. Franka war sich sicher, dass er sich eines Tages endgültig für sie entscheiden würde, und dass all die anderen Frauen ihm nicht wirklich etwas bedeuteten. Bob trennte sich schließlich von seiner Geliebten und versprach Franka, dass nun endgültig Schluss sei mit anderen Frauen. Er liebe nur sie, die anderen seien nur sexuelle Abenteuer – ein Dessert! Ein Dessert, das auch noch einfach zu haben sei, weil sich die Frauen ihm zum großen Teil auch anböten.

Franka glaubte ihm, gab die Hoffnung nicht auf und versuchte es erneut. Es vergingen keine drei Monate, da konnte sie über die kleinen Anzeichen nicht mehr hinwegsehen – es war zu offensichtlich. Er hatte wieder mal eine Freundin. Dieses Mal sagte Franka nichts. Sie fand sich damit ab. Sie wollte ihre Ehe nicht riskieren. Sie wollte ihre heile Welt nicht zusammenbrechen sehen. Sie liebte ihre Familie über alles und war immer für sie da. Sie hielt sie zusammen. Und was sollten bloß die Nachbarn und Freunde denken, wenn sie ihren so hoch angesehenen Göttergatten verlassen würde? Sie lebte mit der Situation und fand sie gar nicht so schlimm, denn immerhin hatten sie noch ein sehr gesundes Sexleben.

Das ist im Übrigen ein Phänomen bei fremdgehenden Männern: Das Sexleben zu Hause wird durch außerehelichen Sex häufig intensiviert. Glauben Sie ihm nichts anderes! Er wird Ihnen, seiner Geliebten, immer wieder erzählen, wie eingefahren und langweilig der Sex mit der eigenen Frau ist. Oft wird er behaupten, dass sie gar keinen Sex mehr hätten – stimmt nicht! Betrogene Ehefrauen klagen über alles Mögliche, aber nicht über Vernachlässigung im Bett. Zunächst nicht. (Auch hier bestätigen Ausnahmen natürlich die Regel.)

Erst im Laufe der Zeit und mit immer mehr wechselnden Partnerinnen änderte sich auch Bobs Sexverhalten zu Hause. Dies war der Zeitpunkt, ab dem Franka sich wirklich vernachlässigt fühlte. Kleine Zärtlichkeiten blieben aus, Liebeleien waren so gut wie nicht mehr vorhanden. War die Tatsache, ihn mit anderen Frauen teilen zu müssen, nicht schon hart genug – jetzt spürte sie deutlich, dass sie an die Grenze des Erträglichen gedrängt wurde. Sie wurde immer unglücklicher, hatte immer mehr das Gefühl, ganz allein zu sein. Als Single hatte sie sich nie so einsam gefühlt wie jetzt in ihrer Ehe.

Eines Tages ertrug sie die Situation nicht mehr, bat Bob um ein letztes Gespräch und forderte ihn schließlich auf, auszuziehen. Nach über 25 Jahren Ehe verließ Bob sie und die Kinder. Er zog 600 Kilometer weit weg, in den Norden. Für Franka brach eine Welt zusammen. War die Atmosphäre zu Hause nicht schon unerträglich genug, so wurde ihr mit der endgültigen Trennung bewusst, wie sehr Bob ihre Welt gestaltet hatte. Er *war* ihre Welt.

Ihr ganzes Leben hatte sie nur nach ihm ausgerichtet. Sie hatte sich für die Familie, also für ihn und ihre beiden Kinder, aufgeopfert, war immer für sie da gewesen. Hatte ein schönes Zuhause geschaffen, hatte sich um den Haushalt gekümmert, Wäsche, Einkäufe, Ordnung und Sauberkeit standen auf der Tagesordnung. Das war ihr Leben. Er war ihr Leben. Jetzt war er weg und nahm ihren Lebensinhalt mit.

Tränen über Tränen, Verzweiflung, Hilflosigkeit und eine grenzenlose Ohnmacht überfielen Franka und hielten sie viele Wochen lang im Griff. Sie wusste weder ein noch aus und bekam eine schwere Depression, aus der sie schon fürchtete, nicht mehr herauszukommen.

Schon während ihrer Ehe hatte sie sich hin und wieder mit der Kunst des Tarots beschäftigt. Sie nutze nun dieses Hobby, um sich von ihrem Kummer abzulenken. Über Tarot drang sie tiefer in die Esoterik ein, und je mehr sie sich mit Energien und ihrer Bedeutung, dem Einfluss des Universums auf das Leben und der positiven Lebenseinstellung in all ihren Formen beschäftigte, desto mehr fand sie zu sich selbst. Nicht, dass sie Bob vergessen konnte – ihre Liebe zu ihm war immer noch sehr stark, aber im Laufe der Zeit maß sie ihr eine andere Bedeutung zu. Franka lernte sich auf eine völlig neue Art kennen – vielleicht sogar zum ersten Mal in ihrem Leben. Täglich sah sie jetzt mit Spannung den Erlebnissen mit diesem neuen Menschen in ihrem Leben entgegen: mit sich selbst.

Franka feiert dieses Jahr ihren 60. Geburtstag. 42 Jahre ihres Lebens wusste sie nicht, wer sie eigentlich ist. Seien Sie versichert: Sie ist der beeindruckendste, ausgeglichenste und positivste Mensch, der mir je begegnet ist. Wenn diese Frau einen Raum betritt, dann braucht draußen die Sonne nicht zu scheinen, denn sie bringt eine wunderbare Ausstrahlung mit. Sie hat eine solch positive Aura, dass es immer ein Geschenk ist, in ihrer Nähe zu sein. Nach acht Jahren der Trennung reichte sie die Scheidung von ihrem Mann ein und sagt heute, dass sie ihn auf eine eigene Art nach wie vor liebt. Aber es tut nicht mehr weh. Sie sagt, dass sie heute alleine ist, sei das Beste, was ihr habe passieren können. Sie habe zwar einen Menschen in ihrem direkten Umfeld verloren, aber dafür habe sie die Möglichkeit bekommen, einen anderen neu in ihr Leben aufzunehmen – sich selbst.

Rückblickend ist sich Franka bewusst, dass sie diesen Schritt schon viel früher hätte tun sollen. Es gab unzählige Momente, in denen sie die Misere ihrer Ehe hätte erkennen müssen und entsprechend hätte handeln können, aber sie hat es nicht getan, und sie kann sich dies nur so erklären, dass sie diese Zeit wahrscheinlich gebraucht hat. Der richtige Zeitpunkt war einfach nicht da. Sie sagt heute, dass die Einsicht sehr spät kam, dass es aber nie zu spät sei.

Warum werden kleine Zeichen der Untreue bei Männern so häufig großzügig übersehen? Warum wird das Fremdgehen eines Mannes mit seinem Trieb entschuldigt? Frauen haben auch ein Fortpflanzungsbedürfnis in ihren Genen. Unsere Natur fordert, den Besten herauszufinden, das höchste Maß an Qualität. Würde eine solche Entschuldigung für Promiskuität seitens der Ehefrauen von der Gesellschaft akzeptiert? Sicherlich nicht.

Wenn Männer mehrere Frauen haben oder schnell wechselnde Partnerschaften, sind sie Helden. Wenn Frauen sich so verhalten, werden sie als Schlampe oder Nymphomanin abgestempelt.

Interessant ist auch, dass in einer Dreierkonstellation immer die Geliebte die Rolle der Bösen spielt. Die Ehefrau ist nur bedauernswert und der Ehemann ein toller Hengst, weil er zwei Frauen hat. Die Geliebte wird verurteilt, weil sie sich in eine bestehende Beziehung gedrängt hat. Niemand verurteilt den Mann, weil er ein Versprechen gebrochen hat.

In den meisten Fällen entscheidet sich der Ehemann, bei seiner Frau zu bleiben. So war es bei Thessa und Victor.

Franka dagegen wurde von ihrem Mann verlassen. Sie haben nach wie vor ein freundschaftliches Verhältnis. Bob ist weiterhin auf der Suche, bindet sich aber nie für längere Zeit, sondern wechselt die Partnerinnen wie andere den Fernsehsender.

Ehefrauen und Geliebte sehen sich als große Konkurrentinnen. Das geht oft bis zu abgrundtiefem Hass. Dieses leidenschaftliche Gefühl ist aber auf den falschen Menschen projiziert: Verurteilen kann man in erster Linie nur den Mann, und das auch nur, wenn er Versprechungen gemacht hat, die er nicht einhält. Meist ist er es, der alle Beteiligten in ihre unglückliche Lage gebracht hat. Er wird zwar mit Vorwürfen überschüttet und zur Stellungnahme gezwungen, aber am Ende steht er so gut wie nie alleine da. Warum eigentlich nicht?

Ist es Genugtuung oder Siegesgefühl, wenn er sich schließlich und endlich entscheidet? Und wie lange hält dieses Gefühl des Sieges an? Ob er sich nun von seiner Frau trennt oder von seiner Geliebten – haben nicht beide im Unterbewusstsein immer wieder Befürchtungen, dass sich die Situation wiederholen könnte? Ist die Basis einer jeden Beziehung, nämlich grenzenloses Vertrauen, durch eine solche Erfahrung nicht zerrüttet?

Das würde zumindest erklären, warum sich viele Paare, die sich aus der Konstellation Geliebte und Ehemann gebildet haben, wieder trennen. Eigentlich ist es ganz einfach: In dem Moment, in dem er sich von seiner Frau trennt und sich für die Geliebte entscheidet, erwartet der Mann, dass die Geliebte die angenehmen Eigenschaften der Ehefrau übernimmt, und natürlich macht sie das auch. Beide erleben ja nun auch den Alltag zusammen. Leider geht dadurch oft der romantische Zauber verloren. Es gibt nun keine Geheimnisse mehr, keine Herausforderung. Schnell finden sie sich in einer herkömmlichen Beziehung, die ihren Reiz vielleicht sogar doppelt so schnell verliert, wie unter anderen Umständen, denn beide haben ja den direkten Vergleich zu der aufregenden, magischen, sexbesessenen Zeit.

Plötzlich ist man mit Müdigkeit, Jobproblemen, Lustlosigkeit konfrontiert. Das gab es doch vorher nicht. Wie frustrierend! Oder – noch schlimmer – die ehemalige Geliebte erlebt nicht nur den Alltag, sondern ist auch so in ihrer Rolle als neue Ehefrau verankert, dass sie über kurz oder lang mit einem fremdgehenden Ehemann konfrontiert ist. Manche Männer können es eben einfach nicht lassen.

Bei Sheila gab es eine solche Konstellation. Gerade frisch getrennt, lernte sie Shari kennen. Ihre erste Begegnung fand in einem Restaurant statt, in das Freunde Sheila mitgenommen hatten. Shari war ebenfalls von einer gemeinsamen Freundin mitgenommen worden. Nach einem angenehmen Abendessen und angeregter Unterhaltung sowie einigen Gläsern Wein sinnierte Sheila, dass sie jetzt gerne einen bestimmten Song hören würde. Shari sah sie an und meinte: „Sag jetzt nichts. Ich weiß, welchen Song du meinst." Erstaunt und fragend erwiderte sie seinen Blick. „Es ist ‚Woman in Love' von Barbra Streisand." Sheila war völlig geplättet, denn er hatte ins Schwarze getroffen. Ihre Fassungslosigkeit sollte sich sogar noch steigern, als im selben Moment genau dieses Lied gespielt wurde.

In dem Augenblick war es um sie geschehen. Sie hatte sich verliebt. Shari hatte seit einigen Jahren eine feste Beziehung, doch das hielt Sheila nicht davon ab, seinem Charme zu erliegen. Den stellte er täglich unter Beweis: Seit ihrer ersten Begegnung im Restaurant fand Sheila ständig kleine Zettelchen von ihm an ihrem Auto. Blumen hingen an ihrer Wohnungstür, er lud sie zum Essen ein, ließ sie den Champagner auswählen und hielt mit einer Hand die Preise zu. Er führte sie zum Tanzen aus und ließ sie jedes Mal, wenn sie sich trafen, von einem bereits bezahlten Taxi abholen. So vergingen etwa sechs Wochen, bis sie die erste Nacht miteinander verbrachten. Sheila war im siebenten Himmel, weil er der weitaus beste Liebhaber war, den sie je gehabt hatte.

Sie beschloss für sich, ihm ein Jahr Zeit zu geben, um sich aus seiner jetzigen Beziehung zu lösen. Es kostete sie sehr viel Kraft, aber weil sie überzeugt war, dass Shari der Mann ihres Lebens sei, blieb sie stark.

Nach einem Dreivierteljahr trennte sich Shari von seiner Partnerin, um ganz mit Sheila zusammen zu sein. Sie zogen in eine gemeinsame Wohnung und waren ein Jahr lang rundum glücklich, obwohl Sheila nicht umhinkonnte, ihm ein bisschen zu misstrauen. Dieses Misstrauen bestätigte sich, als sie herausfand, dass er mit einer anderen Frau ein Verhältnis hatte. Er beteuerte, dass es nichts bedeute, und sie verzieh ihm. Aber bei diesem ersten Seitensprung sollte es nicht bleiben. Immer wieder fand Sheila deutliche Anzeichen dafür, dass er sie betrog.

Das Absurde war, dass er gleichzeitig eifersüchtig auf alles und jeden in Sheilas Nähe war. Die Situation verschärfte sich, und nur der Glaube an diese einzig wahre, große Liebe ließ Sheila die Demütigung, die seine Eskapaden für sie bedeuteten, ertragen.

Fünf Jahre lebte sie mit Shari in dieser intensiven, leidenschaftlichen, aber auch enttäuschenden Beziehung. Schließlich trennte sie sich von ihm. Ihr Selbstbewusstsein war so am Boden, dass sie einen Psychiater aufsuchte. Nach ihrem ersten Termin verstarb dieser jedoch plötzlich, und Sheila beschloss, das als Omen zu sehen. Sie würde es alleine schaffen, über diese enttäuschende Liebe hinwegzukommen.

Über 13 Jahre hatte sie keinen Kontakt zu Shari, ging aber auch keine richtige Beziehung mehr ein. Ständig gab sie sich für das Geschehene die Schuld und konnte sich anderen Männern nie wirklich öffnen. Eines Tages rief Shari sie völlig unvermittelt an. Sie traf sich mit ihm und konnte kaum glauben, dass sie rein gar nichts fühlte. Sie brauchte Tage, um dies zu realisieren, und freute sich, dass er keinerlei Macht mehr über sie hatte. Gleichzeitig ärgerte sie sich aber auch über ihren falschen Stolz. Denn hätte sie schon vor Jahren den Hörer in die Hand genommen, sie hätte vielleicht viel eher erkannt, wie wenig er hinterlassen hatte, und hätte viel früher die Möglichkeit gehabt, sich für eine neue Beziehung zu öffnen.

Alles wäre viel einfacher, wenn wir unserem Egoismus nicht eine solche Bedeutung beimessen würden. Wenn es uns leichter fallen würde loszulassen und uns auf solche Situationen erst gar nicht einzulassen. Wenn wir unsere Gefühle zwar nicht ignorieren, aber den Verstand eher einschalten würden. Viele können das jedoch nicht. Oft ist es eben eine Art Sucht.

Ausblick: Am Ende gewinnt immer die Geliebte

Drei Jahre nachdem sich Thessa von Victor getrennt hatte, erzählte sie einer Freundin ihre Geschichte. Die Freundin schrieb Thessas Erfahrungen in einem Buch nieder. Es richtet sich an alle Frauen in ähnlichen Situationen. Sie wollte verdeutlichen, was eigentlich hinter all dem steckt, und zeigen, dass es in jedem Fall möglich ist, sich aus solch einer fatalen Beziehung zu lösen.

Als das Manuskript fertig war, überlegte Thessa´s Freundin, dass es interessant sein könnte, wenn Thessa Victor nach seinen Gedanken und Gefühlen der damaligen Zeit befragte und bat sie sich mit Victor in Verbindung zu setzen.

Seine Telefonnummer wusste Thessa noch auswendig. Beim Wählen stellte sie mit großer Freude fest, dass sie ganz ruhig war.

Er nahm ab, und statt sich mit ihrem Namen zu melden, sagte Thessa nur fröhlich: „Ich hoffe, dass dir jetzt nicht das Handy aus der Hand fällt!"

Victor fing an zu stottern: „Äh, äh, do... doch!"

Und da hörte Thessa auch schon Lydia im Hintergrund fragen: „Wer ist denn dran?"

„Ist es momentan nicht so gut?" fragte Thessa.

„Äh, äh ...", antwortete Victor, und dann zu seiner Frau gewandt: „Das ist Thessa!" Dann sprach er wieder ins Telefon: „Nein, momentan ist es nicht so günstig."

Im Hintergrund hörte Thessa Lydia hysterisch schreien: „Nicht so günstig!?"

„Nein, äh, ich, äh, ich will nicht reden ...", stammelte Victor ins Telefon.

Daraufhin sagte Thessa nur: „Alles klar, dann mach´s mal gut." Und legte auf.

Sie ärgerte sich ein bisschen darüber, dass das Buch wohl ohne seine Erfahrungen fertig gestellt werden musste. Aber im Grunde genommen amüsierte sie sich über dieses merkwürdige Telefonat und über Victors Verwirrung.

Abends ging Thessa in ein wundervolles Konzert in Frankfurt und vergaß darüber das Telefonat. Als sie um zwei Uhr morgens nach Hause kam, fand sie auf ihrem Anrufbeantworter zwei Nachrichten vor. Die erste war von Lydia: „Thessa, bitte ruf mich mal zurück, es ist jetzt 16 Uhr."

Die zweite war von Victor: „Thessa, hier ist Victor. Bitte ruf mich nicht mehr an. Lydia und ich sind gerade dabei, uns alles aufzubauen. Ich liebe Lydia, und wenn ich wieder Kontakt zu dir hätte, würde es nur Komplikationen und Stress geben. Das will ich nicht."

Thessa grinste nur und schüttelte den Kopf. Sie konnte die Reaktionen der beiden nicht fassen: Was hatte Victor gesagt? Sie seien gerade dabei, sich alles aufzubauen? *Gerade*? Was um Himmels willen hatten sie eigentlich in den letzten drei Jahren gemacht? Und was sollte der Anruf von Lydia?

Hatte eigentlich keiner der beiden mal nachgedacht und überlegt, was Thessa eigentlich von ihm gewollt hatte? Sie hatten überhaupt nicht gefragt und damit Thessa keine Chance gegeben, den Grund ihres Anrufs zu erklären. Sofort sahen beide in ihr die große Feindin, die ihre Beziehung bedrohen könnte. Wie traurig eigentlich, dass sie die letzten Jahre nicht genutzt hatten, um ihre Partnerschaft so zu festigen, dass ein Anruf von Thessa sie nicht gleich aus der Bahn warf. Wie armselig, dass sie nichts dazugelernt hatten. Wie dumm, Thessa immer noch solche Macht einzuräumen. Im Prinzip konnte sie jederzeit Stress bei den beiden hervorrufen, und das nur durch einen einzigen Anruf.

Thessa konnte nicht anders. Sie saß auf dem Sofa, es war 2.15 Uhr an einem Samstagmorgen, und sie fing an zu kichern. Aus dem Kichern wurde schallendes Gelächter. Sie konnte nicht mehr aufhören zu lachen, ihr liefen die Tränen herunter, und der Bauch tat ihr schon fast weh, weil sie nicht mehr aufhören konnte.

Was für eine Welt! Vince hatte soooo recht gehabt: Am Ende der Geschichte gewinnt immer die so genannte Geliebte.

Thessa ist heute ein sehr glücklicher Mensch, definitiv glücklicher als während ihres Daseins als Geliebte. Und dieses Glück resultiert nicht aus einer neuen Beziehung oder aus einem Lottogewinn, sondern aus dem Wissen, dass jeder selbst für sein Glück verantwortlich ist.

Glück erlangt man nicht durch Partnerschaft, nicht durch viel Geld und Ruhm. Glücklich sein kann man nur, wenn man mit sich selbst zufrieden ist. Es kommt aus dem Inneren.

Glücklich sind Sie, wenn Sie sich über die Dinge freuen können, die Ihnen das Leben täglich zum Geschenk macht, anstatt sich ständig damit zu beschäftigen, was Ihnen das Leben nicht bietet.

Freuen Sie sich beim Aufstehen über einen schönen Song im Radio, tanzen und singen Sie unter der Dusche, trinken Sie ganz bewusst Ihren Kaffee oder Tee. Schenken Sie Ihrem Spiegelbild ein Lächeln. Freuen Sie sich über die Farben des Himmels, wenn Sie auf dem Weg zur Arbeit sind, oder bevor Sie mit Ihrer Hausarbeit beginnen. Wünschen sie dem ersten, zweiten und vielleicht auch dritten Menschen, dem Sie an diesem Morgen begegnen, von ganzem Herzen einen wunderschönen Tag – und Sie werden sehen, wie auch Ihr Tag wunderschön wird. Genießen Sie die kleinen Dinge.

Es sind die kleinen Dinge, die uns beglücken
Es sind die kleinen Dinge, die uns erfreuen
Es sind die kleinen Dinge, die manchmal uns bedrücken
Es sind die kleinen Dinge, die wir oft bereuen

Die kleinen Dinge sind´s, sie bedeuten Leben
Und wenn man hinsieht, ganz genau
Dann sieht man, sie sind es, die die Welt bewegen
Die großen Dinge sind nur für die Schau

(Marco Wohlwend)

Auch Thessa ist nicht immer der wandelnde Sonnenschein. Auch sie hat Tage, an denen sie sich mies fühlt, an denen sie sich über etwas ärgert und schlecht gelaunt ist. Aber wenn sie sich dabei ertappt, dann versucht sie, sich möglichst schnell aus dieser Stimmung herauszuholen, indem sie sich fragt: „Was ist es, das mich so schlecht gelaunt sein lässt? Und was kann ich tun, um diese negativen Gedanken und Gefühle abzustellen?"

Schon die Fragestellung hilft ihr oft, sich wieder in bessere Stimmung zu versetzen und die Ereignisse, die sie eben noch wütend gemacht haben, gelassener zu sehen.

Das Beste ist, dass sie sich heute aufrichtig und ehrlich geliebt fühlt und auch von sich selbst weiß, dass sie aufrichtig und ehrlich lieben kann. Sie liebt ihre Familie, ihre Freunde, ihre Mitmenschen. Und diese Liebe beruht auf Gegenseitigkeit. Sie lieben sie so, wie sie ist: gut gelaunt, schlecht gelaunt, witzig, traurig.

Sie lieben sie bedingungslos. Ein herrliches Gefühl, für das sie jeden Tag aufs Neue dankbar ist.